Schweigen, wenn alles in dir SCHREIT

Rosemarie Ruppen

novum pro

Bibliografische Information der Deutschen Nationalbibliothek:

Die Deutsche Nationalbibliothek verzeichnet diese Publikation in der Deutschen Nationalbibliografie. Detaillierte bibliografische Daten sind im Internet über http://www.d-nb.de abrufbar.

Alle Rechte der Verbreitung, auch durch Film, Funk und Fernsehen, fotomechanische Wiedergabe, Tonträger, elektronische Datenträger und auszugsweisen Nachdruck, sind vorbehalten.

© 2021 novum Verlag

ISBN 978-3-99131-083-9
Lektorat: Leon Haußmann
Umschlagabbildungen: Kevin Carden, Igor Korionov | Dreamstime.com
Umschlaggestaltung, Layout & Satz: novum Verlag
Innenabbildungen: Rosemarie Ruppen-Imhof

Gedruckt in der Europäischen Union auf umweltfreundlichem, chlor- und säurefrei gebleichtem Papier.

www.novumverlag.com

Geschrieben in der Corona Zeit,
ein großes „DANKE“ an meine Familie und Freunde
für die Unterstützung in dieser schwierigen Zeit.

Für meine Enkelinnen

Isabelle, Lara und Xenja

— 1 —

Eine schöne farbige Jacke wie sie sich schon lange gewünscht hatte! Einige Tage vor Weihnachten 1965, voller Freude öffnete Sarah das Paket. Sie nahm die Jacke aus der Schachtel, drückte sie an sich. Die Freude war groß. Tränen rannen über ihr Gesicht. Sie vermisste Elias, ihre erste große Liebe.

Sarah hörte Schritte, sie wollte die Schachtel unter das Bett schieben, zu spät. In der Türe stand ihre Mutter. „Was gibt es denn da zu verstecken?" „Ich habe ein Weihnachtsgeschenk von meiner Freundin bekommen." Die Lüge stand Sarah wohl ins Gesicht geschrieben. „Darf ich mal sehen?" Sie nahm die Schachtel hervor und öffnete sie zaghaft. „Und das soll ich dir glauben? Du schickst die Jacke zurück! Wir wollen nicht, dass dir dieser Mann Geschenke macht." „Nein, bitte nicht … ihr kennt doch Elias nicht einmal."

Doch alles Betteln nützte nichts. Ihre Eltern hatten ihr den Umgang mit Elias verboten. Sie sei noch viel zu jung für eine feste Beziehung und das noch mit einem Mann, der ein paar Jahre älter war als sie. Ein paar Minuten später kam ihre Mutter zurück ins Zimmer. „Darf ich doch?" Sarah wollte die Mutter umarmen, doch die Mutter ging einen Schritt zurück. „Mach das Paket bereit! Ich bringe es zur Post." Voller Wut schrie Sarah: „Das darf doch nicht wahr sein …" Nachdenklich, tieftraurig, ließ sie sich in einen Sessel fallen. Sollte sie ihren Eltern erzählen, was ihr „Schlimmes" widerfahren war?

2

Aufgewachsen war Sarah behütet in ihrem Elternhaus, zusammen mit ihren drei Schwestern und ihrem Bruder. Die Ferien verbrachte sie oft bei den Großeltern, den Eltern ihrer Mutter. Sie liebte ihre Großmutter über alles. Ihre Geschichten faszinierten sie immer wieder. Besonders die Geschichte vom kleinen bunten Schmetterling … Ihr Großvater nannte sie immer meine „Kleine“. Er verwöhnte Sarah, wo er nur konnte. Mit ihrem Onkel hatte sie es immer lustig. Er war für sie wie ein großer Bruder. Neben dem Haus der Großeltern stand ein großer Kirschbaum.

Im Frühling war der Baum voll mit großen, roten Kirschen. Ihr Onkel hielt ihr die Zweige runter. So konnte sie die süßen Kirschen pflücken und essen. „Warum isst du keine Kirschen?“, fragte sie einmal ihren Onkel. Schmunzelnd sagte er zu Sarah: „Weil da kleine Würmchen drin sind.“ „Nein …“, rief sie und spuckte die Kirschen aus! Dann öffnete sie ein paar von den roten Kirschen. Doch von Würmchen war nichts zu sehen. Sie aß die süßen Kirschen weiter. Ihr Onkel meinte dann: „Es war Spaß, ich mag keine Kirschen.“

Im Winter ging er mit Sarah oft schlitteln. An seiner Hand stampfte sie im Schnee die Wiese hoch. Neben ihrem großen Onkel kam sie sich klein vor. Oft nahm er sie auf den Rücken und trug sie hoch. Wenn sie nach dem Schlitteln ausgekühlt nach Hause kamen, hatte Sarahs Großmutter eine große Kanne Tee auf dem Kachelofen abgestellt. Sie und ihr Onkel schlürften den heißen Tee und wärmten sich die Hände an den heißen Tassen. Nur Großmutter konnte so guten süßen Tee kochen.

Schon als Kind konnte Sarah, in sich gekehrt, über längere Zeit an einem Ort sitzen. Sie liebte es, in der Nähe ihres Vaters zu

sein. Sie schaute ihm oft bei seiner Arbeit zu. Freudig winkte sie im zu, wenn er sie erblickte. Einmal sah sie ihren Vater weinend am Tisch sitzen. Den traurigen Blick ihres Vaters konnte sie lange nicht vergessen. Ihre Mutter erklärte ihr: „Deine Großmutter ist heute gestorben. Für deinen Vater ist das sehr schwer. Er hat seine Mutter sehr geliebt." Auch Sarah vermisste ihre Großmutter. Sie war oft bei ihr auf Besuch. Mit großer Geduld hatte sie ihr beigebracht, wie sie ihre Schuhe selber binden kann. Dabei sah sie oft voller Mitleid auf die rauen, rissigen Hände.

Einmal fragte sie ihre Großmutter: „Tun dir denn deine Hände nicht weh?" Zärtlich strich sie über Sarahs Gesicht und meint: „Nein, mein Kind die tun mir nicht weh. Weißt du, als dein Großvater, mein Mann gestorben war, musste ich oft hart arbeiten. Es war nicht immer einfach, doch meine Kinder waren das ‚Wichtigste' für mich. Meine rissigen Hände haben mich nie gestört und ich habe mich dafür nie geschämt."

Sarah stand auf und setzte sich ihrer Großmutter auf den Schoss und fuhr ihr mit ihren kleinen Händen durch ihr graues Haar. Wenn das Wetter es nicht erlaubte, draußen zu spielen, war Sarah gerne in der Nähe ihrer Mutter. Wenn sie ihr Strickzeug in die Hände nahm, setzte sie sich nahe zu ihr. „Wenn ich größer bin, lernst du mich dann auch stricken?", fragte sie ihre Mutter oft.

Sarah liebte die Natur, sie konnte sich an jeder kleinen Blume erfreuen. Oft brachte sie ihrer Mutter ein Blumensträußchen nach Hause. An einem wunderschönen Sommertag stand sie vor der großen Wiese, nahe ihrem Elternhaus. Sie konnte nicht widerstehen, lief los und setzte sich mitten in das meterhohe Gras. Sie schaute zum tiefblauen Himmel und dachte, ob ihre Großmutter sie wohl sehen könne. Ein kleiner Marienkäfer setzte sich auf ihr Knie. In Gedanken an ihre Großmutter versunken, sah sie den Bauer nicht auf das Feld zukommen. Plötzlich schreckte sie ein lautes Geschrei auf … „Was fällt dir ein, komm da sofort raus. Wenn ich dich hier noch einmal sehe, sperre ich dich in den Schweinestall.“

Sarah hoffte, dass ihre Eltern nicht von ihrem Abenteuer erfuhren, denn das würde bestimmt Hausarrest geben.

Genau richtig an einem regnerischen Tag, packte sie ihr Geburtstagsgeschenk aus. Sie jubelte vor Freude. Ein roter Regenschirm, wie sie sich schon lange gewünscht hatte. Sie holte ihre Jacke und nahm ihren Regenschirm. „Ich muss schauen, ob er den Regen aushält“, sagte sie freudestrahlend zu ihrer Mutter und verließ das Haus.

Ihre Mutter schaute ihr nach … sie freute sich mit ihrem Mädchen. Sarah blickte zurück und hielt begeistert ihren kleinen Daumen hoch. Sie vergaß sogar ihren Geburtstagskuchen, den sie mit ihren Geschwistern teilen wollte. Was für sie im Moment zählte, war ihr roter Regenschirm, mit dem sie stolz den Weg hochlief.

Sie klopfte bei ihrer besten Schulkameradin an. Ihre Mutter öffnete die Türe. „Ist Charlotte zu Hause, ich möchte ihr meinen neuen Schirm zeigen und sie zum Kuchen einladen?“ „Sicher, komm rein. Viel Glück auch von mir.“

Sarah ging gerne zu Schule. Das Lernen fiel ihr leicht. Ihre Lehrerin sagte oft zu ihr: „Du bist eine gute Schülerin, aber du bist eine Träumerin." Das störte sie allerdings gar nicht.

Ihr war noch nicht bewusst, dass Träume zerstört werden können! Jahre später, aus dem kleinen verträumten Mädchen war eine lebensfrohe, hübsche junge Frau geworden, wünschte sie sich oft die Zeit zurück. Gerne erinnerte sie sich an ihre behütete Kinderzeit in ihrem Elternhaus. Die Tage bei ihren Großeltern vermisste sie sehr.

Gut gelaunt kam sie auf ihr Elternhaus zu. Sie winkte ihrer Mutter am Fenster. Sie hatte den Nachmittag mit einer Kollegin verbracht. Sarah setzte sich zu ihrer Mutter und sah sie an. „Sag schon, was hast du auf dem Herzen?" „Paula geht im Herbst in ein Mädchenpensionat. Meinst du, dass ich da auch hingehen könnte? Paulas Mutter meinte, wir könnten im Sommer arbeiten gehen. Sie hat eine Liste von Sommerjobs für junge Mädchen. So könnte ich einen Teil der Internatskosten selber bezahlen." Sarah sah ihre Mutter an. „Du sagst nichts?" „Ich rede am Abend mit deinem Vater. Du weißt ja, dass du nach der obligatorischen Schulzeit arbeiten gehen solltest." Am Abend hörte sie ihre Eltern miteinander diskutieren und ahnte nichts Gutes. Sie lag noch lange wach, schlief dann mit dem Gedanken ein, dass sich bestimmt alles zum Guten wenden würde.

Als Sarah am Morgen, sie stand früh auf, in die Küche kam, saßen ihre Eltern am Tisch und tranken Kaffee. An ihren Gesichtern, besonders am traurigen Blick ihres Vaters entnahm sie, dass sie ihr keinen positiven Entscheid mitteilen würden. „Wir können uns dein Studium nicht leisten. Du musst die Grundschule fertig machen und dann arbeiten gehen. Es tut uns leid." Ohne ein Wort zu sagen, nahm sie ihre Schultasche und verließ die Wohnung … An diesem Morgen spürte, ja wusste sie: ihre wohlbehütete, schöne Kinder- und Jugendzeit war vorbei!

Zwei Monate später: Sarah saß im Zug und Tränen verschleierten ihren Blick. Sie blickte aus dem Fenster. Der Zug fuhr vorbei an Wiesen, Bächen und Dörfern. Es überfiel sie eine unendliche Traurigkeit. Es war ein Einsteigen und Aussteigen, doch sie nahm es kaum wahr. Eine ihr gegenübersitzende ältere Frau schaute sie schon längere Zeit an. „Geht es dir nicht gut? Du bist noch jung und schaust so traurig aus.“ „Nein es geht mir nicht so gut“, sagte sie zaghaft. „Ich bin heute das erste Mal allein unterwegs.“ Beim Aussteigen sagte ihr die Frau: „Pass gut auf dich auf. Vielleicht sehen wir uns einmal wieder. Wenn du magst, kannst du mich besuchen. Ich wohne hier im Dorf und heiße Helene Bircher.“ „Ich bin Sarah, danke für ihre Einladung.“

Sarah sah die junge Frau mit einem kleinen Mädchen auf dem Arm. Sie ging auf sie zu. „Sind sie Frau Müller?“ „Ja, ich bin Anna, so darfst du mich auch nennen. Das ist meine Tochter Lena. Und du bist Sarah. Meine Mutter hat mir von dir erzählt. Hattest du eine gute Reise?“ „Ja danke, das Elternhaus zu verlassen, fiel mir nicht leicht.“ Anna tat das junge Mädchen leid. „Ich nehme dir deinen Koffer ab, der ist bestimmt schwer. Du darfst Lena mit dem Kinderwagen schieben.“

Das kleine Mädchen lächelte Sarah an, als ob es ihr Mut machen wollte. Sie lächelte zurück und die „Kleine“ fing an zu strampeln und lustige Laute von sich zu geben. „Ein Herz hast du bereits für dich gewonnen“, meinte Anna. Auf dem Weg in ihr neues Zuhause erklärte ihr Anna, was es in dem großen Dorf alles zu sehen gab. „Hier ist die Schreinerei meines Vaters. Er beschäftigt dort acht Arbeiter. Zwei sind hier vom Dorf. Die restlichen Arbeiter kommen von auswärts. Sie wohnen in unserem Haus. Und hier ist unser Laden, da darfst du arbeiten. Ich hoffe, es wird dir gefallen. Wir schauen kurz hinein, so kannst du meine Mutter kennenlernen. Meine Mutter und ich teilen uns die Arbeit. Ab Morgen bist du unsere neue Mitarbeiterin“, sagte Anna freundlich.

Eine stämmige Frau kam auf sie zu und begrüßte sie. „Da bist du, ‚Willkommen‘ bei uns! Ich möchte, dass du mich wie alle

anderen Angestellten mit Madam anredest." „Ja, das kann ich gerne", sagte Sarah freundlich. „Sie scheint ein anständiges Mädchen zu sein", flüsterte Madam ihrer Tochter zu.

Während die beiden Frauen sich unterhielten, streckte Lena ihre Ärmchen nach Sarah aus. „Darf ich sie aus dem Wagen nehmen?", fragte sie zaghaft. „Ja klar, mach nur!" Anna hoffte, dass die Kleine ihr den Start ins neue Leben ein wenig erleichterte. Weiter liefen sie durch das Dorf, bis sie zu einem großen weißen Haus kamen.

„Das wird ab heute dein neues Zuhause sein. Im ersten Stock wohnen meine Eltern. Im Parterre wohne ich mit meinem Mann und Lena. Rechts im angebauten Teil wohnen unsere Angestellten und dort ist auch dein Zimmer." Sie betraten das Haus und Anna zeigte Sarah das Zimmer. „Du kannst dich einrichten, ausruhen und eingewöhnen. Um sieben Uhr gibt es Nachtessen. Ich zeige dir noch das Esszimmer. Es wird auch als Aufenthaltsraum genutzt."

Irgendwie tat Anna das Mädchen leid. Das erste Mal fern vom Elternhaus, in einer neuen Umgebung mit lauter fremden Menschen. „Sarah, wenn du etwas benötigst oder Sorgen hast, darfst du jederzeit zu mir kommen." Mit Tränen in den Augen bedankte sich Sarah. Anna nahm sie kurz in die Arme und drückte sie.

Sie ging in ihr Zimmer, packte den Koffer aus, legte sich aufs Bett und schlief ein. Aus Angst, was auf sie zukam, hatte sie die letzten Nächte kaum geschlafen. Durch ein Klopfen wurde sie wach und musste kurz überlegen, wo sie war.

Vor der Türe stand eine junge Frau. „Ich bin Katrin und wohne im Zimmer neben dir. Kommst du auch zum Essen? Übrigens, ich bin hier im Haus so Mädchen für alles, ich putze, wasche und helfe beim Kochen …" Im Esszimmer angekommen, neugierige Blicke. „Du bist wohl die ‚Neue'?" „Ja die bin ich, ich heiße Sarah." Sie war froh, nach den Essen die ganze Belegschaft zu verlassen. Es waren ihr zu viele Fragen auf einmal. Mit einem „Gute

Nacht" verabschiedete sie sich und ging zurück in ihr Zimmer. Wenig später kam ihre Madam und fragte nach ihrem Befinden. „Ich habe deinen Eltern mitgeteilt, dass du gut angekommen bist." Sarah setzte sich an das kleine Tischlein. Sie schrieb ihren Eltern, wie sie es versprochen hatte, einen Brief.

Liebe Eltern, liebe Geschwister,
ich bin gut angekommen, und bin gerade von dem Nachtessen zu-
rück. Jetzt bin ich in meinem kleinen Zimmer, meinem neue Zu-
hause! Die Leute haben mich freundlich empfangen, es geht mir
gut, aber ich vermisse euch alle sehr. Mir wurde der neue Arbeits-
platz gezeigt, es ist ein großer Laden mit allerlei Angeboten. Klei-
der, Wolle, Kosmetikartikel und vieles mehr. Morgen ist mein erster
Arbeitstag, und ich freue mich darauf. Ich versuche, mich hier einzu-
leben. Hoffe, dass es euch allen gut geht, der Abschied von euch fiel
mir schwer. Am liebsten hätte ich im Zug losgeheult. Ich habe eine
nette ältere Frau kenne gelernt, vielleicht gehe ich sie einmal besu-
chen. So, ich mache jetzt Schluss für heute, bis zum nächsten Mal.
Liebe herzliche Grüße an euch alle
Eure Tochter und Schwester Sarah

Sarah faltete den Brief zusammen und stecke ihn in den Umschlag. Das Briefpapier hatte sie von einer Schulkollegin zum Abschied geschenkt bekommen. Die Briefmarken hatten ihr die Eltern zugesteckt. Sarah eilte aus dem Haus. Ihr war beim Herkommen unweit vom Haus ein Briekasten aufgefallen. Sie warf den Brief ein. Als sie sich umdrehte, sah sie am Straßenrand gegenüber einen hübschen jungen Mann.

Er grüßte sie freundlich: „Dich habe ich hier noch nie gesehen." „Ich bin erst heute angekommen. Und was machst du hier, hat man dich versetzt?" „Ich warte auf meine Freundin. Komm doch rüber, ich bin Elias." Sie ging kurz zu ihm. Als sie seine Freundin kommen sah, verabschiedete sie sich mit einem „Tschüss". Der junge Mann mit den schönen blauen Augen ging Sarah nicht so richtig aus dem Kopf. „Blödsinn, er wartet auf seine Freundin", dachte sie.

$$- 3 -$$

Sofia kam auf Elias zu, gab ihm einen Kuss und hängte sich bei ihm ein. „Wer war dieses Mädchen?" „Sie ist neu hier. Ich habe mich kurz mit ihr unterhalten." „Ich freue mich so sehr, mit dir ein paar Tage in die Berge zu fahren. Unsere Hütte ist klein, aber gemütlich."

Es war das erste Mal, dass die Eltern Sofia erlaubten, mit Elias zu verreisen. Gut gelaunt gingen die beiden in ihr Stammlokal, wo sie ihre Kollegen trafen. Während Elias sich unterhielt, saß Sofia still da. „Können wir nach Hause gehen, mir ist nicht so ganz wohl?", fragte sie plötzlich. „Ja klar, kein Problem, gehen wir." Sie verabschiedeten sich von ihren Freunden. „Wir fahren für ein paar Tage in die Berge, bis bald wieder." Elias war besorgt. „Sofia, du wirst hoffentlich nicht krank?" „Nein, morgen ist bestimmt wieder alles gut. Ich bin in den letzten Tagen oft müde, Zeit für Ferien."

Sofia arbeitete im Hotel ihrer Eltern am Empfang. Sie war für das Wohlergehen der Gäste verantwortlich. Die Tage waren anstrengend, sie arbeitete oft bis spät in den Abend. Vor der Haustüre verabschiedeten sie sich. „Ja dann, bis Morgen, ich freue mich sehr, meine liebe Sofia." Nachdenklich lief Elias nach Hause. Was ist in letzter Zeit mit Sofia los …?

Anderntags liefen sie mit gepackten Rucksäcken zur Seilbahnstation. Sie fuhren nach oben und mussten dann noch gute zwanzig Minuten laufen. Ziemlich erschöpft angekommen, stieß Sofia einen „Jauchzer" aus: „Hier oben ist meine Welt. Ich habe diese Hütte schon als Kind geliebt. Jedes Mal, wenn ich mit meinen Eltern hier hochkommen durfte, war ich voller Freude." Nach einem gemütlichen Nachmittag kochten sie zusammen und genossen den ersten Tag ihrer gemeinsamen Ferien. „Möchtest du mit mir schlafen?“, fragte Elias vorsichtig. „Bitte sei mir nicht böse, ich möchte in meinem Bett schlafen.“ Sie ging ins Bett und schlief sofort ein.

Elias setzte sich vor die Hütte, schaute nachdenklich ins Tal hinunter. ‚Wo ist meine fröhliche, lebenslustige Sofia geblieben? Etwas stimmt nicht mit ihr!‘ Er stand am Morgen auf und sah, dass Sofia auch wach war. „Wie geht es dir heute? Bleib ruhig noch im Bett. Es ist kalt, ich mache im Ofen das Feuer an.“ „Elias … bitte verzeih mir wegen gestern Abend.“ Er setzte sich aufs Bett und nahm sie in die Arme. „Alles ist gut, geht es dir heute wieder besser?“ „Ja, wir können den neuen Tag in Angriff nehmen.“ „Da bin ich aber sehr froh“, sagte Elias erleichtert.

Beim Frühstück meinte er plötzlich: „Du würdest mir schon sagen, wenn etwas bei dir nicht stimmt?“ „Ja klar, würde ich …“ Hörte Elias da ein Zögern in ihrer Stimme? Gut gelaunt liefen sie los. Ihr Ziel war ein kleiner Bergsee. Dort hatte Sofia viele Stunden mit ihren Eltern verbracht.

Angekommen, liess sie sich nieder, Tränen rannen über ihr Gesicht. Elias setzte sich neben sie, schlang den Arm um sie und sagte: „Bitte sage mir endlich, was los ist? Hast du einen anderen Mann kennengelernt?“ „Nein, habe ich nicht“, rief sie entsetzt. Das Reden fiel ihr schwer. „Ich glaube, ich bin krank. Schon seit längerer Zeit bin ich ständig müde und würde am Morgen am liebsten im Bett bleiben. Ich werde nächste Woche zum Arzt gehen.“ Besorgt sagte Elias: „Wäre es nicht das Beste, wenn wir heute nach Hause gehen würden?“ „Nein, lass uns noch den heutigen Abend zusammen verbringen, wer weiß …“

Zurück in der Hütte, öffnete Sofia eine Flasche Wein. Ihre Mutter hatte sie ihr in den Rucksack gesteckt. Sie prosteten einander zu. Die restlichen Tage blieben sie gemütlich in und vor der Hütte, obwohl Elias am liebsten zurück ins Tal gegangen wäre.

Wieder zuhause, verabschiedeten sie sich voneinander. „Ich muss morgen arbeiten. Am Abend schaue ich bei dir vorbei. Ich mache mir große Sorgen.“

Elias ging noch kurz seine Großmutter Helene besuchen. Er berichtete ihr von seinen Sorgen um Sofia. Dann machte er sich auf den Heimweg, schaute nach oben und sah den wunderschönen Sternenhimmel … Sofia suchte am nächsten Morgen ihren Arzt auf. Er begrüßte sie freudig. „Wie kann ich dir helfen?“ Sie erzählte ihm, wie es ihr in der letzten Zeit ergangen war. „Das muss nichts Ernstes sein, ich nehme dir jetzt Blut ab. Zudem mache ich ein Röntgen von deiner Lunge. Bald wissen wir mehr, sorge dich nicht zu sehr. Ich rufe dich morgen an. Lasse deine Eltern von mir grüßen.“ Mit einem „Danke“ verabschiedete sich Sarah vom Arzt. Er war befreundet mit ihren Eltern. Sie kannte ihn schon seit ihrer Kindheit.

In Gedanken versunken, sah sie nicht, dass ihr eine Kollegin entgegenkam. „Sofia … sieht man dich auch wieder einmal, wo steckst du die ganze Zeit?“ „Du, ich arbeite im Moment sehr viel, ich melde mich bei dir. Ich muss weiter. Meine Mutter wartet auf mich.“ Sie ließ ihre Kollegin stehen und lief weiter. „Was habe ich dir denn getan?“ „Gar nichts, alles ist gut, du hörst von mir.“

Sofia wollte zuerst Gewissheit haben. Sie fühlte sich elend. Nach bangem Warten läutete endlich das Telefon. „Sofia, kannst du vorbeikommen?“, hörte sie eine besorgte Stimme. „Es wäre gut, wenn dich jemand begleiten würde. Was ich dir zu sagen habe, ist leider nichts Gutes.“ „Was ist mit mir?“, rief Sofia verzweifelt. Die Mutter nahm ihre weinende Tochter in die Arme.

$$— \; 4 \; —$$

Der erste Arbeitstag war anstrengend. Sarah versuchte, so gut es eben ging, die Kunden zu bedienen. Sie staunte, wie locker die Frauen mit Geld umgingen. Nach dem Preis wurde selten gefragt. Das kannte Sarah nicht. Am Abend war sie sehr müde. Die Arbeit hatte ihr gefallen und sie freute sich auf den nächsten Tag. Sarah hatte sich gut eingelebt. Die Abende verbrachte sie mit Lesen und Musik hören. Anna hatte ihr ein kleines Radio und Bücher ausgeliehen.

Manchmal gesellte sie sich zu ihren Mitbewohnern. Es war für sie als junges Mädchen nicht immer einfach in dieser Gesellschaft. Es fielen oft raue und zwiespältige Worte. Sarah musste lernen, damit umzugehen und versuchte, sich so gut es ging durchzusetzen.

Gut waren da noch drei Frauen, älter als Sarah, mit denen sie es sehr gut hatte. Mit Katrin verstand sie sich besonders gut. Sie wirkte oft traurig, in Gedanken versunken … Für Sarah war sie wie eine große Schwester. Die Arbeit erledigte sie inzwischen fast alleine. Ihre Madam lobte sie. „Du lernst aber schnell. Wir sind sehr froh, dass wir dich haben." Am ersten des Monats erhielt sie ihren Zahltag. Sogar etwas mehr als ihr versprochen wurde, was sie sehr freute. So konnte sie auch etwas für sich behalten. Sie wollte für einen Wintermantel sparen.

Wie abgemacht schickte sie das Geld größtenteils ihren Eltern. An ihrem freien Nachmittag ging Sarah oft mit der kleinen Lena spazieren. Sie liebte die „Kleine", die gerade laufen lernte. Anna war froh, ihre Tochter für ein paar Stunden abzugeben. Sie erwartete ihr zweites Kind. So konnte sie sich in dieser Zeit, wenn sie nicht arbeiten musste, ein wenig ausruhen.

Auf ihren Spaziergängen lernte Sarah auch immer neue Leute kennen. Das Dorf war ihr inzwischen vertraut. Sie war nicht mehr die „Fremde". Nur Elias, an den sie oft denken musste, hatte sie nie mehr gesehen! Oft schrieb Sarah Briefe an ihre Eltern und Geschwister. Auch mit ihren Schulkolleginnen, besonders mit Paula, ihrer besten Freundin, hatte sie regen Briefkontakt. Die Briefe endeten fast immer mit einem: „Bis bald …" In einem Brief schrieb ihre Mutter:

… du bist nun schon länger von zu Hause fort, wir kommen dich am Sonntag besuchen …

Sarah konnte es fast nicht erwarten, ihre Eltern wiederzusehen. Endlich Sonntag, sie stand früh auf, duschte, wusch sich die Haare und kleidete sich an. Madam hatte ihr ein Kleid geschenkt, sie durfte es im Laden selber aussuchen. Sie war außer sich vor Freude! „Ich mag mich nicht erinnern, dass meine Mädchen", sie hatte zwei Töchter, „sich jemals über ein neues Kleid so gefreut hatten", meinte sie.

Sarah stand vor dem Spiegel, drehte sich hin und her. Sie gefiel sich selber. „Oh, siehst du schick aus", Madam stand auf dem Balkon und winkte ihr zu. „Du kannst um zwölf mit deinen Eltern zum Essen kommen. Ich möchte sie auch kennenlernen." „Klar, mache ich, nochmals danke für das schöne Kleid." Auf dem Weg zum Bahnhof kam ihr Elias entgegen. Ihr Herz schlug höher … „Schön, dich zu sehen, Sarah, du siehst toll aus!" Obwohl sie Elias nur kurz kannte, irgendwie schien er verändert. „Ich muss weiter. Meine Eltern kommen mich besuchen." „Tschau, vielleicht sehen wir uns mal wieder." Nervös stand Sarah am Bahnhof, bis endlich der Zug einfuhr. Ihre Eltern stiegen aus und Sarah lief ihnen entgegen.

Stürmisch begrüßten sie einander. „Wie erwachsen du geworden bist", sagte ihr Vater. Sie verbrachten zusammen einen

wunderschönen Tag. Die Zeit verging viel zu schnell! Vor dem
Abschiednehmen fragte Sarah ihre Eltern: „Was meint ihr, wie
lange ich noch hier bleiben muss?“ Sie hatte immer noch einen
kleinen Funken Hoffnung, dass sie mit Paula ins Internat gehen
durfte. „Bleib jetzt mal für ein Jahr hier. Es geht dir ja gut, dann
sehen wir weiter … Ade, liebes Kind, bleibe brav …“ Sarah sah,
wie der Zug davonfuhr. Und wieder war die Enttäuschung groß …

— 5 —

„Komm Mutter, lass uns gehen. Ich muss Gewissheit haben." Der Arzt wartete bereits auf sie. „Nehmt doch bitte Platz. Sofia, ich habe alle Tests beieinander. Du hast einen Eisenmangel, der lässt sich mit einem entsprechenden Medikament gut beheben. Das erklärt auch zum Teil deine Müdigkeit." Der Arzt sah Sofia an. „Was mir mehr Sorge macht, ich sehe auf deinem Röntgenbild einen Schatten auf deiner Lunge. Für nähere Abklärungen musst du ins Krankenhaus. Du kannst bereits morgen eintreten. Es tut mir leid, aber wir dürfen keine Zeit verlieren. Ich wünsche dir alles Gute und hoffentlich bis bald."

Stillschweigend verließen Sofia und ihre Mutter die Praxis. Wieder zuhause, ging Sofia in ihr Zimmer, nahm ihre Reisetasche und fing an zu packen. Als Elias am Abend die gedrückte Stimmung wahrnahm, wusste er, es musste etwas Schlimmeres sein. „Sofia ist in ihrem Zimmer, gehe zu ihr, vielleicht spricht sie mit dir?" Sie stand auf, als Elias ins Zimmer kam und ging auf ihn zu. „Komm, setzt dich …" Sofia begann zu erzählen … Die Nachricht machte ihn traurig. Es war Sofia, die ihn tröstete. „Was auch immer kommt, wir schaffen das." „Ich komme dich am Wochenende besuchen", versicherte ihr Elias.

Am nächsten Morgen fuhr Sofia mit ihren Eltern los. Los in eine unbestimmte Zukunft! Die Reise kam ihr endlos vor. Nach außen wirkte sie gefasst, doch ihr äußerer Schein trügte. Sofia hatte panische Angst vor allem, was auf sie zukam. Nach einer mehrstündigen Fahrt kamen sie endlich an. Ihr Vater nahm ihr die Tasche ab. Sie betraten das große Krankenhaus. Eine freundliche Dame an der Patientenaufnahme notierte ihre Personalien. „Sie können sich da vorne hinsetzen, sie werden gleich abgeholt. Ich wünsche ihnen alles Gute."

Im Zimmer angekommen, kam wenig später ein Arzt zu ihr. „Ich muss ihnen ein paar Fragen stellen." Er notierte sich alles auf. „So, das wäre es für heute", meinte er mit einem freundlichen Lächeln. „Was ich bald vergessen habe, heute Abend dürfen sie noch etwas essen, morgen müssen sie nüchtern bleiben. Gegen acht Uhr beginnen wir mit den Untersuchungen." Zu ihren Eltern sagte der Arzt: „Tagsüber macht es wenig Sinn, ihre Tochter zu besuchen, sie werden sie selten im Zimmer antreffen." „Wir haben hier in der Nähe ein Zimmer gemietet und kommen am Abend zu dir", sagte die Mutter zu Sofia. „Sie können ruhig noch ein wenig nach draußen gehen. Unser Spitalgarten ist sehr schön angelegt."

Sofia hätte am liebsten geschrien, „was nützt mir heute der schöne Garten?" Am Abend telefonierte sie lange mit Elias … Am anderen Morgen kam eine junge Schwester ins Zimmer. „Konnten sie ein wenig schlafen?", fragte sie freundlich. „Ich bin Schwester Agnes und in den nächsten Tagen für sie zuständig." „Bitte nennen sie mich Sofia, bei Frau … komme ich mir so alt vor." „Aber gerne! Ich bringe ihnen ein Nachthemd. Das müssen sie für die Untersuchungen anziehen." Sofia schlüpfte hinein. „Da passe ich ja zweimal rein!"

Die beiden Frauen sahen einander an und lachten. Das Umgehen mit fremden Menschen fiel Sofia viel leichter. Die besorgten Gesichter von den ihr nahestehenden Menschen machten ihr alles noch schwerer, als es ohnehin schon war. Regelmäßig schauten die Ärzte bei ihr vorbei und fragten nach ihrem Befinden. Die Tage waren anstrengend. Die vielen Untersuchungen machten Sofia müde. Sie hätte auf die abendlichen Besuche von ihren Eltern lieber verzichtet, doch sie wollte sie nicht abweisen. Sie waren sehr besorgt um ihre Tochter.

„Wie sieht es aus?" Eine zögernde Frage, die Sofia oft stellte. „Wir verstehen, das Warten ist sehr mühsam. Aber erst wenn alle Untersuchungen abgeschlossen sind und wir alle Resultate haben, können wir ihnen Bescheid geben! Das kann leider mehrere Tage dauern." Dann endlich kam der große Tag … Zwei Ärzte und Schwester Agnes traten an ihr Bett. „Wir haben zwei Nachrichten, eine ‚Gute‘ und eine ‚Schlechte‘." Sofia war sehr gefasst. „Die schlechte Nachricht, sie müssen für längere Zeit in ein Sanatorium für Lungenkranke. Sie haben eine verschleppte Lungenentzündung, welche auskuriert werden muss." „Waren sie in letzter Zeit krank?", fragte einer der Ärzte. Sofia überlegte. „Ja schon, ich hatte Grippe. Die habe ich aber mit Medikamenten auskuriert. Wir hatten volles Haus, meine Eltern führen ein Hotel. Ich hatte keine Zeit, mich ins Bett zu legen." „Es war keine Grippe, sondern eine schwere Lungenentzündung."

Nachdenklich schaute Sofia in die Runde. „Nun bitte noch die gute Nachricht." „Unsere ersten Vermutungen waren, dass es etwas ‚Bösartiges‘ sein könnte. Das ist es Gott sei Dank nicht, was es aber durchaus hätte werden können. Danken sie ihrem Arzt, dass der so gut und schnell reagiert hat." Sofia standen Tränen in den Augen. „Ja, dann hatte ich wohl großes Glück." „Sie hatten sogar sehr großes Glück!", sagte der Arzt. Elias wartete gespannt auf Neuigkeiten von Sofia. Er war sehr erleichtert, wusste aber, dass ihnen keine leichte Zeit bevorstand.

— **6** —

Sarah war beliebt und hatte viele Freunde gefunden. Es ging ihr richtig gut. Dass sie nicht heim zu ihrer Familie durfte, war für sie ein wenig leichter geworden. Anna hatte inzwischen ihr zweites Kind geboren. Sie durfte oft auf die nun zwei Kinder aufpassen. Auch abends, wenn die jungen Eltern mal essen oder ins Kino gingen, war sie sehr gefragt. Als die „Beiden" an einem Abend heimkamen, sagte ihr Anna: „Wir wollen dich noch etwas fragen. Möchtest du dem kleinen Andreas", so hieß der Kleine, „Patin werden?"

Sarah fiel ihr um den Hals. „O ja, sicher, wie ich mich freue." Vor lauter Aufregung konnte Sarah lange nicht einschlafen. Sie war überglücklich. Andreas wurde ihr erstes Patenkind.

An einem regnerischen, freien Tag machte sich Sarah auf den Weg. Sie wollte jetzt doch einmal Helene Bircher besuchen.

Die Türe öffnete sich. „Welche Überraschung", sagte die ältere Frau freudig, „die traurige Sarah." Sie wusste sogar noch ihren Namen. „Komm herein und nimm Platz. Was kann ich dir anbieten? Heute gefällst du mir besser als damals im Zug. Ich sehe dich noch vor mir. Erzähl, ich weiß ja gar nichts von dir." Es wurde ein gemütlicher, schöner Nachmittag. Auch Helene Bircher plauderte fröhlich los. Ihre Familie, besonders ihre Enkelkinder, waren ihr ein und alles. Als Sarah sich verabschiedete, fragte sie: „Kommst du wieder einmal vorbei? Es würde mich sehr freuen. Sag doch einfach Helene zu mir!" Sarah winkte ihr auf der Treppe. „Ich komme wieder!"

Sie kam gerade pünktlich zum Nachtessen nach Hause. Auf dem Flur traf sie Leo, einen der Angestellten. Sie ging ihm, so gut es ging, aus dem Weg. Er war oft angetrunken und versuchte, sie zu begrapschen. Einmal hat er sogar versucht, sie zu küssen! „Lass das, du blöder Dreckskerl!", schrie Sarah ihn an. Sein Benehmen und die lüsternen Blicke … sie ekelte sich vor ihm! Ansonsten gab es viel Erfreuliches und Sarah steckte solche Begebenheiten einfach weg. Am nächsten Tag fragte Madam: „Sarah, es werden wieder Sprachkurse angeboten. Möchtest du einen Kurs besuchen? Wir würden die Kosten für dich übernehmen." „Ja, sehr gerne, vielen Dank." Sie gehörte inzwischen schon fast zur Familie, was ihr Heimweh minderte.

7

Zwei Tage später wurde Sofia entlassen, jedoch nur mit der Bedingung, dass sie direkt ins Sanatorium fahre. „Wir haben alles für sie in die Wege geleitet“, sagte ihr der Arzt. „Sie werden dort erwartet.“ Als Elias ins Zimmer kam, hatte Sofia schon alles gepackt und war bereit für den Aufbruch. „Ich würde so gerne nach Hause kommen.“ Traurig stand sie da mit gepackter Tasche. „Komm“, Elias umarmte sie, „es wird alles gut. Ich kann deine Traurigkeit verstehen. Doch vergiss nicht, du wirst wieder gesund. Die Wochen vergehen schnell. Bald stehst du wieder vor deinen Gästen.“ „Du hast Recht, ich sollte dankbar sein und nicht klagen.“ „Also komm, los geht's.“

In einem hübschen kleinen Restaurant machten sie Zwischenhalt. Gegen Abend kamen sie an. Etwas abgelegen, an einem, man konnte fast sagen idyllischen Ort, fuhren sie auf die Klinik zu. „Wenn ich nicht zur Kur müsste, würde ich sagen: Wie schön ist es hier“, sagte Sofia leise. „Es ist wichtig für deine Genesung, dass du an einem Ort bist, wo du dich wohl fühlst. Alles wird gut, ich komme dich, sooft ich kann, besuchen“, versicherte ihr Elias. „Ich freu mich sehr auf die Zeit, wenn wir wieder beisammen sein dürfen.“ „Danke Elias, du bist so gut zu mir!“ ‚Hat mich die Krankheit oder das ‚Fern‘ sein von Elias verändert? Meine Gefühle für ihn sind anders geworden‘, dachte Sofia.

— 8 —

Ein kurzes Klopfen und Katrin trat ins Zimmer. „Du Sarah, kommst du am Wochenende mit mir in den Ausgang? Wir treffen uns jeweils am Samstag in unserem Lokal." „Klar, ich komme sehr gerne mit. Ich freue mich sehr." Gut gelaunt verließen die beiden Mädels das Haus. Sie betraten das Lokal … da sah sie ihn! Sarahs Herz schlug höher, sie ahnte nicht, dass Elias auch dazugehörte.

Sie begrüßten einander. Sarah fühlte sich willkommen. „Elias, wo ist Sofia?", fragte ihn Katrin, „dich habe ich auch schon länger nicht mehr gesehen." „Ich war an den Wochenenden bei Sofia. Sie musste wegen einer verschleppten Lungenentzündung zur Kur. Sie hat immer ziemlich viel Besuch, also bin ich mal nicht hingefahren." „Oh, das tut mir leid. Aber sonst ist alles in Ordnung mit euch beiden?" „Ich denke schon …"

„Es war ein sehr schöner Abend, danke Katrin, dass du mich mitgenommen hast." „Sehr gerne geschehen. Komm doch noch auf einen Drink zu mir. Wie ich sehe, bist du noch nicht müde. Du siehst so glücklich aus!" „Es geht mir gut. Ich glaube, ich bin angekommen. Katrin, darf ich dich etwas fragen?" „Sicher, klar darfst du …" „Deine Eltern wohnen doch hier in der Nähe. Warum gehst du nie nach Hause?" Mit dieser Frage hatte Katrin nicht gerechnet. Katrin überlegte …

„Möchtest du meine Geschichte hören? Meine Eltern bewirtschaften einen großen Bauernhof. Ich war die ‚Älteste' von vier Geschwistern, alles Mädchen. Nach meiner obligatorischen Schulzeit schickten mich meine Eltern für ein Jahr auf eine Bäuerinnen-Schule. Ihr Plan war, dass ich einmal den Hof übernehmen würde. Es gefiel mir sehr gut, an den Wochenenden durfte ich nach Hause. Bei uns auf dem Hof wurde in dieser Zeit ein junger Mann eingestellt. Ich glaube, es ist das erste Mal, als wir einander sahen, passiert. Wir verliebten uns und nutzten jede Gelegenheit, um allein zu sein. Meine Eltern waren aber dagegen. Klar war ich erst sechzehn und er vier Jahre älter. Meine Eltern drohten mir, mich vorübergehend zu meiner Tante zu schicken. Das wollte ich auf gar keinen Fall und ich versprach, mich von ihm fernzuhalten.

An einem Nachmittag, meine Eltern waren auf dem Feld und meine Schwestern spielten draußen, war es dann passiert. Wir haben miteinander geschlafen. Ich war so naiv und dachte, beim ersten Mal wirst du schon nicht schwanger. Meine Tage blieben aus … Als ich mich an einem Morgen übergeben musste, ist meine Mutter dazugekommen. ‚Katrin … sag, dass es nicht wahr ist … Niemand darf von deiner Schwangerschaft erfahren. Wir bringen dich nächste Woche zu deiner Tante. Da bleibst du, bis alles vorbei ist.‘ ‚Was wird denn mit meinem Kind?‘, habe ich sie ängstlich gefragt, ‚ich will es behalten‘. ‚Du wirst es bekommen und wir tun so, als ob es Meines wäre.‘ Meine Mutter war eine ziemlich rundliche Frau. Man hat ihr die Schwangerschaften kaum angesehen. ‚Nein Mutter, das könnt ihr mir nicht antun‘, habe ich ihr weinend gesagt. ‚Überlege einmal, was du uns antust, eine Schande ist das!‘

Meine Schwangerschaft verlief gut. Eine Hebamme kam ab und zu vorbei. Meine Tante versorgte mich mit allem, was nötig war. So gesehen fehlte es mir an nichts. Nur die Angst war groß, dass ich mein Kind hergeben musste. Alles geschah so, wie es meine Eltern geplant hatten. Am zweiten Tag nach der Geburt wurde mein Kind abgeholt! Ich weinte fast Tag und Nacht, war verzweifelt und konnte nicht schlafen. Meine Tante war in großer Sorge um mich.

Nach zwei Wochen durfte ich nach Hause. Als ich meinen kleinen Jungen aus der Wiege nehmen wollte, sagte meine Mutter:

‚Katrin, lass das!‘ Es war eine schlimme Zeit. Wann immer es möglich war, nahm ich Manuel aus seinem Bettchen. Doch mehr als mein kleiner Bruder durfte er für mich nicht sein. Nach gut einem Jahr, als mein Sohn zum ersten Mal zu meiner Mutter Mama sagte, hielt ich es nicht mehr aus. Ich suchte mir eine Stelle und habe mein Elternhaus verlassen. Seither bin ich hier und denke jeden Tag an ihn. Inzwischen ist er sechs Jahre alt. Eines Tages, wenn er alt genug ist, werde ich meinem Sohn sagen, wer seine Mama ist!" Sarah stand auf und nahm Katrin in ihre Arme.

$$-\ 9\ -$$

Sofia ging es jeden Tag besser und der Tag ihrer Entlassung rückte immer näher. „Beim nächsten Besuch muss ich es ihm sagen", dachte sie. Gut gelaunt kam Elias am Wochenende in Sofias Zimmer. „Gut siehst du aus. Weißt du schon, wann du nach Hause kannst?" „Wollen wir spazieren gehen. Es ist so schönes Wetter."

Sie gingen in den Park und hatten einander viel zu erzählen. Plötzlich blieb Sofia stehen. „Du, ich muss dir etwas sagen: Ich habe während meiner Zeit hier in der Klinik viel über uns nachgedacht. Elias, du bist so ein feiner Kerl. Ich habe dich von Herzen gern, aber …" „Aber was?" „Wir hatten eine tolle Zeit. Du warst immer für mich da, dafür bin ich dir sehr dankbar. Was ich aber für dich empfinde, ist nicht die große Liebe. Es fehlen die Schmetterlinge im Bauch. Du bist für mich wie ein großer, toller Bruder geworden. Ich werde für ein paar Monate ins Ausland gehen. Das war schon immer mein Traum."

Elias hatte es schon länger gespürt. Er hoffte aber, wenn Sofia gesund nach Hause komme, werde alles gut … Früher als geplant reiste er ab. Er verabschiedete sich von Sofia … „Elias, es war eine sehr schöne Zeit mit dir. Bleiben wir Freunde?"

Sarah war nun schon mehr als ein halbes Jahr von zu Hause weg. Sie plante schon länger, für ein paar Tage nach Hause zu fahren. Auf ihren Brief antworteten ihre Eltern, dass sie sich freuen würden. „Am besten wäre es, wenn du nächste Woche kommst. Dein Bruder fährt in ein Sommerlager, so kannst du in seinem Bett schlafen." Sarah gingen viele Gedanken durch den Kopf: Sie hätte ihren Bruder auch gerne gesehen. Sie fragte sich, „wo ist denn mein Bett geblieben?" Sie steckte ihre fragenden Gedanken weg und entschloss sich, am Montag zu fahren. Zuerst musste sie aber noch Madam fragen, ob sie ein paar Tage frei machen dürfe. „Im Moment ist ja eher still im Laden, fahre ruhig, deine Eltern freuen sich bestimmt auf dein Kommen."

So fuhr Sarah zum zweiten Mal mit dem Zug, nur dieses Mal in die gegengesetzte Richtung. Freudig empfingen die Eltern sie am Bahnhof. Zu Hause angekommen, musste Sarah feststellen, dass in der Wohnung alles ein wenig anders aussah. Ihr Bett stand nicht mehr am selben Ort. Es wurde von ihrer Schwester genutzt. Ein wenig enttäuscht sah sie sich um. Haben ihre Eltern gar nicht mehr damit gerechnet, dass sie zurück in ihr Elternhaus ziehen würde? Sie hatte nicht das Gefühl, dass sich ihre Eltern nicht auf sie gefreut hätten. Nein im Gegenteil, sie waren sehr bemüht, dass ihre Besuchstage schön verliefen. Sarah aber fühlte sich doch eher wie ein Feriengast. „Setz dich Sarah, du hast uns sicher viel zu erzählen. Ich habe Kuchen gebacken. Magst du immer noch so gerne Kaffee?" „O ja, gerne Mutter, deinen Kuchen habe ich vermisst!" Ihr Vater fragte sie: „Hast du schon etwas geplant für morgen? Wir könnten einen Ausflug in die Berge machen, weißt du noch, dein Lieblingsort?"

„Das ist schön, gerne, das machen wir." Sarah traf sich auch mit ihren ehemaligen Schulkolleginnen. Es war, als ob sie nie fort gewesen

wäre. Die Woche ging wie im Flug vorbei. Sarah packte gerade ihre Tasche, als ihr Bruder vom Lager heimkam. „Das freut mich sehr, dass ich dich noch sehe." Er umarmte sie kurz. „Du siehst toll aus Sarah. Wenn ich nicht dein Bruder wäre, könnte ich mich ich in dich verlieben." „Danke Bruderherz, du bist der ‚Alte' geblieben."

Zum zweiten Mal verließ Sarah ihre Eltern und Geschwistern. Sie wurde den Gedanken nicht los, dass es für sie keinen festen Platz mehr in ihrem Elternhaus gab. Nachdem Sarah sich von ihrer Familie verabschiedet hatte, nahm sie ein Buch aus ihrer Tasche und verkürzte sich so die Reisezeit. Der Abschied fiel ihr leichter als beim ersten Mal. Es war nicht so, dass sie ihre Eltern und Geschwister nicht vermisste. Nein, im Gegenteil, sie konnte die vielen Jahre in ihrem Elternhaus nicht einfach aus ihrem Leben streichen.

Angekommen, schlenderte Sarah gemütlich durch das ihr inzwischen zur zweiten Heimat gewordene Dorf. Sie öffnete noch kurz die Ladentüre, mit einem „Hallo, da bin ich wieder", begrüßte sie Madam. „Schön, bist du wieder da. Wir sehen uns beim Nachtessen." Sarah packte ihre Reisetasche aus, sah aus dem Fenster und entschloss sich, bei dem schönen Wetter noch einen kleinen Spaziergang zu machen. Als sie das Zimmer verließ, sah sie, dass ihr Schlüssel nicht am gewohnten Ort hing. Sarah schloss ihr Zimmer nur in der Nacht ab. „Komisch", dachte sie, „wo habe ich den diesmal den Schlüssel hingelegt …?" Sie verließ das Haus, spazierte an Gärten und Wiesen vorbei und erfreute sich an der Blütenpracht.

Auf einem Bänklein setzte sie sich nieder und genoss die Aussicht. Sie kam immer wieder an diesen Ort, ein Ort der Stille und der Ruhe. Plötzlich hörte sie hinter sich eine Stimme. „Was denn, so allein und einsam?" Sarah blickte nach hinten, da stand er … Elias! „Ich bin nicht einsam, ich genieße nur den schönen Abend. Was machst du hier oben?" „Ich wohne hier", Elias zeigte auf ein Haus. „Das ist mein Elternhaus und ich darf unten die kleine Wohnung benützen. Seit ich meine Ausbildung fertig habe, zahle ich meinen Eltern etwas an Miete. Früher wurde die Wohnung vermietet. Ich habe dich vom Fenster aus gesehen und dachte, ich schau mal vorbei. Geht es dir gut, darf ich mich zu dir setzen?" „Ja klar …" Auf diese Frage hatte Sarah gewartet!

Sie erzählte ihm von ihrem Besuch bei den Eltern. „Und, hast du schlimmes Heimweh?", fragte Elias sie. „Am Anfang schon … inzwischen habe ich mich hier gut eingelebt. Nun bin ich schon ein Jahr hier und es geht mir gut. Erinnerst du dich noch, als wir uns zum ersten Mal sahen?" Elias lächelte. „Wie könnte ich die Begegnung mit einem hübschen Mädchen vergessen?" „Mit Komplimenten gehst du wohl nicht sparsam um?" Sarah stand auf. „Ich muss los, bei uns gibt es um sieben Uhr Nachtessen. Tschüss, ich wünsche dir einen schönen Abend!" „Tschau Sarah, vielleicht bis bald?" Beschwingt machte Sarah sich auf den Heimweg. Sie verspürte ein Glückgefühl, die Begegnung mit Elias … sie war verliebt.

„Wünsche muss man loslassen, damit sie gehen können, nämlich in Erfüllung …"

Unser Feriengast ist ja auch wieder da. Sarah wurde freundlich begrüßt. „Bleibst du noch und machst mit uns einen Jass?" „Ja doch, gerne!" Später klopfte sie bei Katrin an. „Du, habe ich vielleicht meine Schlüssel bei dir liegen lassen?" Der vermisste Schlüssel beschäftigte Sarah. „Nein, tut mir leid, den hätte ich sehen müssen!"

Zurück in ihrem Zimmer schaute sie nochmals nach. „Den Schlüssel habe ich vor meiner Abreise am gewohnten Ort aufgehängt!" Sie war sich immer sicherer. Mit einem unguten Gefühl ging Sarah schlafen. Sie fürchtete sich im ganzen Haus vor niemanden, außer vor Leo …! Ihr Leben ging wie gewohnt weiter. Sie musste viel an Elias denken! Zwei Wochen später wurde Sarah nachts von einem komischen Geräusch aufgeweckt. Sie knipste die Nachttischlampe an, nichts. „Ich muss wohl geträumt haben."

— 11 —

Elias hielt die Einladung für die Abschiedsparty von Sofia in der Hand. Er entschied, nicht daran teilzunehmen. Es war eine schöne Zeit gewesen. Er verstand es immer noch nicht, dass sie aus heiterem Himmel Schluss gemacht hatte. Dass Sofia einen Auslandsaufenthalt plante, war für ihn total neu. Auch, dass er plötzlich wie ein großer Bruder für sie sein sollte …

Am Tag der Abreise ging Elias zu Sofia. Es ließ ihm keine Ruhe. Er wollte sie nicht, ohne Abschied zu nehmen, gehen lassen. Immerhin waren sie zwei Jahre ein Paar. Sofia freute sich sehr, als sie Elias kommen sah. Er nahm sie in die Arme und wünschte ihr alles Gute. „Ich wünsche dir einen schönen Aufenthalt. Genieße die Zeit und bleibe gesund." Es war Sofia, die sich nicht von Elias lösen wollte. „Ich werde dich vermissen", flüsterte sie weinend. „Du hast es doch selber so gewählt … Was soll denn das jetzt plötzlich?" Elias verstand die Welt nicht mehr.

Die Eltern fuhren mit Sofia zum Flughafen. „Du bist so still. Du kannst deinen Plan immer noch ändern." Ihre Mutter hatte Bedenken, ihre Tochter ziehen zu lassen. Die Krankheit und dass sie sich so plötzlich von Elias trennte, machte ihr große Sorgen. „Nein, alles gut, ich freue mich auf den Aufenthalt in England." Doch in Wirklichkeit ging es Sofia gar nicht gut.

Den Entschluss, einen Sprachaufenthalt zu machen, bereute Sofia nicht. Was sie beschäftigte, war Elias. „War es ein Fehler, Schluss zu machen?" Sie musste sich eingestehen, dass es wohl doch nicht nur Brudergefühle waren. Sie bereute ihren Entschluss. Beim Abschiednehmen hätte sie Elias am liebsten geküsst. Doch er hat sich von ihr abgewandt. Der Abschied am Flughafen fiel ihr plötzlich schwer. Die Eltern ließen Ihre Tochter ungern gehen, Tränen flossen.

Sofia wurde in England von ihren Gasteltern abgeholt. „Ich bin Betty und das ist mein Mann James. Du kannst du zu uns sagen.“ Nach zwei Stunden waren sie am Ziel. Nur wenige Meter vom Meer entfernt war ihr neues Zuhause. Betty stellte Sofia ihre Kinder vor. „William ist elf, Angela neun und Aurora ist fünf“. Die Kinder begrüßten sie freundlich. Betty zeigte Sofia ihr Zimmer. Es war heimelig und groß mit eigenem Badezimmer. Sie fühlte sich auf Anhieb wohl. „Wir haben um sieben Uhr Abendbrot. Bis dahin kannst du dich noch ausruhen. Du bist sicher müde von der Reise. Nach dem Essen können wir noch deinen Tagesablauf besprechen.“

Sofia wusste nur, dass sie halbtags als au pair arbeiten und am Nachmittag vier Stunden zur Schule gehen würde. Es war Freitag, ihr Arbeits- und Schulanfang war am Montag. So blieb ihr Zeit, sich umzusehen und einzuleben. Als Sofia später ins Esszimmer eintrat, war die Familie bereits am Tisch. Es war eine fröhliche Runde. Sie setzte sich zu ihnen und wurde mit Fragen überrumpelt.

Sie war froh, dass sie bereits Sprachkenntnisse hatte. Als die Kleinste laut loslachte, musste sie sich wohl versprochen haben. Die Mutter schimpfte mit ihr und wies sie zurecht. „Halb so schlimm“, dachte Sofia und musste ab den Grimassen des Kindes selber lachen. Nach dem Essen gingen die Kinder in ihre Zimmer. Betty erklärte Sofia den Tagesablauf. „Nach dem Frühstück um 6.30 Uhr verlassen mein Mann und ich das Haus. Dann bist du verantwortlich für die Kinder. Für jedes Kind bereitest du ein Lunchpaket für den Mittagstisch vor. Sie müssen pünktlich um 8.00 Uhr zum Schulbus. Danach erledigst du die Hausarbeiten. Am Mittag kommt von uns niemand nach Hause. Dein Bus fährt um 13.00 Uhr. Die Haltestelle ist nur wenige Meter von deinem College entfernt. An den Wochenenden hast du frei. Du darfst aber selbstverständlich mit uns essen. Wenn du außer Haus bist, meldest du dich bitte ab. Die Küche kannst du jderzeit benützen. So, liebe Sofia, das wäre so das Gröbste. Ich habe versucht, langsam zu sprechen. Ich hoffe, du hast alles einigermaßen verstanden.“

Sofia bedankte sich bei Betty. „Ich denke, es ist soweit alles klar. Sonst kann ich ja fragen." Sie verabschiedete sich von der Familie und ging in ihr Zimmer. Sofia schrieb noch einen Brief an ihre Eltern. Sie teilte ihnen ihre ersten Eindrücke mit. Müde ging sie früh schlafen.

$$- 12 -$$

Sarah schloss den Laden ab und machte sich auf den Heimweg. Plötzlich stand Elias neben ihr. „Wir haben ein stückweit den gleichen Heimweg, also dachte ich mir: ‚Warte doch mal auf Sarah‘", meinte er schmunzelnd. „Freust du dich?" Diese Frage war wohl überflüssig, Sarah strahlte! Sie unterhielten sich über alles Mögliche und waren schnell vor Sarahs Haus angelangt. „Könnten wir mal zusammen ausgehen?", fragte Elias vorsichtig. „Aber was sagt denn Sofia dazu?" „Die Zeit mit Sofia ist vorbei, aber das möchte ich dir in Ruhe erzählen."

Dieser erste Abend war sehr schön. Sarah wird ihn wohl nie vergessen. Es folgten wunderschöne Wochen. Sie war überglücklich. Sarah dachte, nichts könne ihre junge Liebe zerstören. Ihren Eltern wollte sie vorerst noch nichts sagen, obwohl sie ihr Glück gerne mit ihnen geteilt hätte. Was wäre, wenn sie ihr den Ausgang mit Elias verboten hätten? Sie konnte sich die Worte von ihren Eltern gut vorstellen. „Du bist noch viel zu jung …"

Mit Katrin verbrachte Sarah viel Zeit. Seit dem Abend, als Katrin sich ihr anvertraute und ihre Geschichte erzählte, verband sie eine tiefe Freundschaft. „Sarah, ich gönne dir dein Glück, aber bitte sei vorsichtig. Ich war ungefähr in deinem Alter, als es mit uns passierte!" „Mach dir keine Sorgen, soweit sind wir noch nicht." „Das dachte ich auch …", meinte Katrin traurig. „Das erste Mal spare ich mir noch auf. Wenn es soweit ist, werden wir verhüten."

Sarah war rundum glücklich. Die Arbeit gefiel ihr. Sie traf sich regelmäßig mit Elias. Es hätte schöner nicht sein können. Bis zu jener Nacht …

Es bewegte sich jemand neben ihrem Bett. Sarah roch den Alkohol, wollte schreien … zu spät! Eine Hand drückte ihr den Mund zu, mit der anderen Hand wurde ihr die Wäsche vom Leib gerissen. Sie wehrte sich, doch gegen diesen stämmigen Mann hatte sie keine Chance! Sie wurde brutal vergewaltigt! Als er, es war Leo, von ihr ließ, flüsterte er ihr zu: „Unterstehe dich, jemandem etwas zu sagen.Vergiss nicht, dass du mir deinen Schlüssel gegeben hast!" Leise verließ er das Zimmer.

„So verletzlich wie die Flügel der Schmetterlinge, ist auch die Seele eines Menschen."

Sarah lag regungslos in ihrem Bett. Sie verspürte einen unsagbaren Schmerz. Sie zitterte am ganzen Körper, konnte sich nicht bewegen und weinte. Sie versuchte aufzustehen, doch es gelang ihr nicht. „Mein Gott, was soll ich tun? Diese schrecklichen Schmerzen, hören die denn nicht auf?" Sie raffte sich noch einmal auf. Es gelang ihr, doch sie konnte kaum laufen. Sarah sah in den Spiegel: „O Gott, bin ich das wirklich?"

Ihre Lippen waren geschwollen. An den Oberschenkeln hatte sie blaue Flecken und sie blutete! Weinend holte sie frische Wäsche aus dem Schrank. Sie wusch sich und zog sie an. Sie ekelte sich so sehr, dass sie sich übergeben musste. Mit großer Mühe bezog sie ihr Bett frisch.

Zurück in ihrem Bett, dachte sie: „Einschlafen und nie mehr aufwachen!" Die Nacht nahm kein Ende. Als es endlich hell wurde, versuchte sie aufzustehen. „Ich muss doch zur Arbeit …", aber sie schaffte es nicht. Katrin öffnete ihre Zimmertüre: „Guten Morgen Sarah, hast du dich verschlafen?" Sie machte das Licht an: „Mein Gott Sarah, wie siehst du aus?" „Mir ist hundeübel, ich habe wohl eine Grippe aufgelesen." „Hast du geweint?" „Ja, ich habe geweint, mir war so schlecht, ich musste erbrechen!"

„Sarah, sagst du mir die Wahrheit?" „Ja sicher, kannst du bitte Madam Bescheid sagen und mir einen Tee bringen?"

Katrin stellte eine Thermosflasche mit Tee auf das Nachttischchen. „Ich muss zur Arbeit, ich schaue später nach dir." Als es im Haus still wurde, schleppte sich Sarah im Korridor zur Dusche. Kurze Zeit später kam Katrin zu ihr. Sie machte sich Sorgen. „Du gefällst mir gar nicht. Soll ich nicht den Arzt rufen?" „Danke, das ist lieb. Du wirst sehen, morgen geht es mir sicher wieder besser." Später kam Madam nach ihr schauen. „Katrin hat nicht übertrieben, du siehst ja erbärmlich aus. Ich habe dir ein Medikament mitgebracht. Möchtest du etwas essen?" „Nein, vielen Dank, essen mag ich nicht." „Soll ich deine Eltern anrufen?" Auch Madam war sehr besorgt. „Nein, das ist nicht nötig, das geht vorbei." „Du bleibst auf jeden Fall ein paar Tage zu Hause. Erhole dich gut, du weißt, es wartet eine strenge Zeit auf uns."

Als sie wieder alleine war, brach sie in Tränen aus. Das „Schlimmste", was einer jungen Frau passieren kann, musste Sarah in dieser Nacht erleben. Sie war kurz eingeschlafen und wachte schweißgebadet auf. Katrin saß neben ihrem Bett. „Sarah, du hast bestimmt Fieber, du hast im Schlaf fantasiert." „Madam hat mir ein Medikament gebracht. Ich glaube, es wirkt schon ein wenig. Ich hätte noch eine Bitte, sagst du bitte Elias, dass ich krank bin?" „Schon gemacht, er lässt dich lieb grüßen. Er wollte dich am Abend besuchen. Ich musste ihm sagen, dass Männerbesuche nicht erlaubt sind." „Danke …", und wieder brach Sarah in Tränen aus. „O mein Mädchen, du siehst ihn ja bald wieder." Wut, Verzweiflung, Traurigkeit … erschöpft schlief Sarah ein.

Gegen Abend kam Hanna mit ihren beiden Kindern. „Wir wollten dir schnell ‚Hallo' sagen und gute Besserung wünschen." Danach war Sarah wieder alleine, verletzt an Leib und Seele! „So kann ich nicht mehr weiterleben." Tiefe Traurigkeit kam über sie … In Gedanken sah sie die große Brücke hoch über dem Dorf. „Die wäre hoch genug und alles hätte ein Ende …" Sarah stand

2.2.

auf, machte das Fenster auf und die Sonne schien ihr auf das Gesicht. Plötzlich kam ihr die Geschichte von ihrer Großmutter in den Sinn. Die Geschichte vom kleinen bunten Schmetterling.

Der kleine Schmetterling war verletzt. Er konnte nicht mehr fliegen. Er versuchte es jeden Tag und an einem sonnigen Tag flog er davon! Einmal sagte ihre Großmutter: „Sarah, so ist es auch in unserem Leben. Wir Menschen werden verletzt. Wir werden enttäuscht und wir dürfen traurig sein … Aber wir müssen immer wieder aufstehen und weiter gehen." Jetzt, nachdem was Sarah erleben musste, verstand sie die Worte ihrer Großmutter. Als Kind hatte sie den Sinn nicht verstanden. Am Nachmittag besuchte Katrin sie mit einem schönen Blumenstrauß. „Es ist ein Kärtchen dabei. Ich gehe zu Abend essen und komme später vorbei. Soll ich dir etwas mitbringen?" „Ich bringe keinen Bissen hinunter, aber gerne nochmals eine Kanne Tee." Ein kleines Lächeln fiel über Sarahs Gesicht.

Mein Liebes, werde bald gesund, ich vermisse Dich!
In Liebe,
Dein Elias

„Ich vermisse dich auch, sogar sehr." Der Gedanke, Elias, nachdem was ihr passiert war, zu treffen, war für Sarah fast unerträglich. Sie wusste, dass sie ihm nicht unbeschwert begegnen konnte. Erzählen, was ihr Schreckliches widerfahren war, erst recht nicht …

Katrin brachte ihr den Tee. „Morgen musst du versuchen, etwas zu essen. Du kommst sonst nicht zu Kräften. Wenn du in der Nacht etwas brauchst, klopfst du an die Zimmerwand und schon bin ich bei dir. Am Morgen komme ich später, wenn du vielleicht noch schlafen kannst."

Sarah lag im Bett, konnte aber nicht einschlafen. Sie hatte Schmerzen im Unterleib. Der brutale Kerl muss sie verletzt haben. Plötzlich sah sie, dass sie auch am Handgelenk blaue Flecken hatte. „Ich muss mir etwas Langärmliges anziehen." Für die blauen Flecken fiel ihr keine Erklärung ein, falls sie jemand danach fragen würde. Und Katrin würde bestimmt fragen. Jedes kleine Geräusch versetzte sie in panische Angst.

Sara stand auf und rückte den Nachttisch an ihre Zimmertüre. Sie versuchte, ein Buch zu lesen und hoffte auf eine Ablenkung, doch auch das gelang ihr nicht. Und dann plötzlich: „O mein Gott, und wenn ich schwanger bin …" In ihrer großen Verzweiflung fing sie an zu beten. Die Nacht war endlos, irgendwann erwachte der neue Tag. „Heute bleibe ich noch im Zimmer. Es geht mir ein wenig besser … morgen gehe ich an die frische Luft und am Montag komme ich zur Arbeit", sagte sie ihrer Madam, als sie ihr etwas zu Essen brachte. „Sarah, hast du schon in den Spiegel geschaut? Nein, ich will, dass du zuerst ganz gesund wirst!" Sarah musste sich eingestehen: „Ich bin körperlich und seelisch krank. Werde ich jemals wieder gesund …?"

13

Sofia war nun schon mehrere Monate in ihrer neuen Heimat. Ihre Mutter schrieb ihr immer wieder Neuigkeiten aus ihrem Dorf. In einem Brief schrieb sie: „Ich soll dir Grüße von Elias ausrichten." Ein Moment der Freude … „Ich habe ihn im Dorf mit dem fremden Mädchen gesehen."

Sofia musste damit rechnen, dass Elias nicht alleine bleiben würde. Doch sie hatte gehofft, dass es bei ihrer Heimkehr vielleicht einen Neuanfang gäbe. Kurze Zeit später lernte Sofia in ihrer Clique einen Mann kennen. Er war Engländer, groß, schlank und gut aussehend. Es schmeichelte ihr, dass er ihr Komplimente machte. Doch an etwas „Festes" dachte Sofia nicht. Sie trafen sich regelmäßig. Ihre Gedanken waren dann doch oft bei Jeremy, so hieß der Mann. Er studierte am selben Ort. Sie kamen sich immer näher. Als Jeremy sie an einem Abend beim Abschied küssen wollte, war sie recht überrascht. „Ich mag dich sehr, aber wie stellst du dir das mit uns beiden vor? Du weißt, dass mein Aufenthalt hier bald zu Ende geht. Eine Fernbeziehung mit einer solchen Distanz kann ich mir nicht vorstellen." „Dann bleib doch einfach hier", meinte er lächelnd. Er umarmte sie aufs Neue und sie ließ es geschehen … Der nächste Brief an ihre Eltern war lange. Sofia schrieb ihnen, dass sie den Aufenthalt verlängern möchte.

Die Nachricht, dass du, Mutter, Elias mit einer Frau gesehen hast, hat mich sehr beschäftigt. Irgendwie habe ich bei meiner Rückkehr auf einen Neuanfang gehofft. Obwohl ich es war, die Schluss gemacht hat, habe ich wohl das endgültige Ende mit Elias noch nicht ganz verkraftet. Mir kommen manchmal Zweifel auf, ob es richtig war.

Weiter schrieb sie, dass sie einen Mann kennengelernt hätte. Mit ihm verstände sie sich gut. „Wir verbringen viel Zeit miteinander." Die Schule gehe dem Ende zu, ihr Englisch sei inzwischen fast perfekt. Von ihrer Gastfamilie müsse sie sich dann trennen. Die Kinder werde sie vermissen. Sie habe sie sehr liebgewonnen. Betty und James wäre sie dankbar für die Zeit, in der sie ihr volles Vertrauen geschenkt hätten. In der Weihnachtszeit würde sie für zirka drei Wochen heimkommen und selbstverständlich im Hotel mithelfen. Die Freude, sie alle, die Eltern und Geschwister, wiederzusehen, wäre groß. Sie würde bei ihrer Rückkehr nach England sehr gerne in einem Hotel an der Rezeption arbeiten. Es bliebe ihr jetzt noch genügend Zeit, sich um eine Stelle umzusehen. Sofia beendete den Brief:

Ich hoffe, ihr versteht meinen Entschluss. Seid nicht zu sehr enttäuscht von mir.
Ich liebe euch von Herzen,
Sofia

Die Zeit mit Jeremy wurde mit jedem Tag schöner und intensiver. Sofia hoffte von Herzen, dass es dieses Mal die große, echte Liebe werden würde. Sie lernte seine Familie kennen und wurde auch dort liebevoll aufgenommen. Wurde aus dem geplanten Sprachaufenthalt ein Aufenthalt für Sofias restliches Leben …?

<h1 style="text-align:center">— 14 —</h1>

Katrin klopfte bei Sarah an. „Wenn du magst, würde ich dir gerne etwas erzählen? Heute, als ich in der Küche am Gemüse rüsten war, läutete das Telefon. Wie gewohnt, wenn niemand im Haus ist, nahm ich den Anruf an. Mir fiel fast der Hörer aus der Hand, als ich die Stimme meines Vaters hörte. Mein Vater möchte, dass ich nach Hause komme. Meine Mutter sei erkrankt. Sie leide an schweren Depressionen und bewältige kaum den Haushalt.

Die Geschwister kämen gut klar, aber der kleine Manuel leide sehr unter dieser Situation. Ich spürte an der Aussage meines Vaters einen leisen Vorwurf. Ich soll scheinbar mitschuldig sein an der Krankheit meine Mutter. Sie habe sich damals, als ich das Haus verlassen hätte, total verändert." „Und was machst du jetzt, gehst du nach Hause?" „Nein Sarah, das werde ich nicht machen! Ich fahre am Sonntag zu meinen Eltern. Ich bin bereit zu helfen. Zurück in mein Elternhaus, nein das kann ich nicht." „Was wird dein Freund dazu sagen? Hast du ihm inzwischen von deinem Sohn erzählt?" „Das war mir noch zu früh. Wir kennen uns ja noch nicht so lange. Er weiß nur von meinem kleinen Bruder!"

Katrin verabschiedete sich. „Ich danke dir fürs Zuhören. Gute Nacht Sarah, ich hoffe, du kannst ein wenig schlafen." Am nächsten Tag raffte Sarah sich auf. Sie wollte wieder einmal frühstücken. Sie ging allerdings später, denn sie ertrug es nicht, auf jemanden zu treffen. In der Hoffnung, dass alle an ihren Arbeitsplätzen waren, ging Sarah in das Esszimmer. Da sah sie ihn … sie spürte, wie ihr kalt und schwindelig wurde und setzte sich auf einen Stuhl. Nur nicht umkippen, ging ihr durch den Kopf.

„Guten Morgen, wie geht es meiner kleinen Hure, ich hätte heute frei?" „Leo, du elendes, verdammtes Schwein!", schrie Sarah.

In diesem Moment kam Anna herein. „Was ist denn hier los?"
Zu Leo: „Wenn du Sarah anrührst, bist du fristlos entlassen. Das
schwöre ich dir. Das hätte übrigens schon lange passieren sollen
bei deinem erbärmlichen Verhalten!" Zu Sarah gewandt: „Alles in Ordnung, geht es dir besser? Du siehst blass aus. Frühstü-
cke gemütlich, damit du zu Kräften kommst". Anna verließ den
Essraum und befahl Leo: „Du gehst jetzt auf dein Zimmer und
lässt Sarah in Ruhe."

Sarah war aufgewühlt und brachte keinen Bissen hinunter. Sie
trank ihren Kaffee und ging zurück in ihr Zimmer. Beim Laufen
verspürte sie starke Schmerzen im Unterleib! Später kleidete sie
sich an und verließ das Haus. Sie hielt es in ihrem Zimmer nicht
mehr aus. Sie hatte sich entschlossen, Helene zu besuchen, die inzwischen für sie fast wie eine Großmutter war. Sarah klopfte an.

„Ich freue mich, dich zu sehen. Komm herein, ich habe Besuch,
aber du störst nicht." „Nein, dann komme ich lieber ein ande-
res Mal wieder." ‚Zurück in mein Zimmer …?‘, überlegte Sarah. „Eigentlich, doch ich komme, ich habe ja Zeit." Sie betraten
zusammen das Wohnzimmer. Elias kam auf sie zu. „Was machst
denn du hier?", fragte sie überrascht. „Großmutter, das ist Sarah,
die Frau, von der ich dir gerade erzählt habe. Wie ich mich freue,
dich zu sehen. Du bist aber noch sehr blass", sagte er besorgt.

Sarah trank ihren Tee. „Elias, ich danke dir noch für die Blumen.
Die waren so schön! Dann mache ich mich auf den Heimweg
und lasse euch wieder allein." „Ich begleite dich." „Sarah, du bist
aber noch gar nicht fit", sagte Elias unterwegs. „Nein, ich habe
mir heute wohl zu viel vorgenommen." Sie standen vor Sarahs
Haustüre. Leo kam auf das Haus zu und ging freundlich grüßend
an ihnen vorbei. „Ich muss gehen, mir ist irgendwie schwind-
lig. Ich bin wohl noch nicht ganz gesund." „Sarah, ich mache
mir Sorgen." Elias wollte sie in die Arme nehmen, Sarah zitterte am ganzen Körper. „Bitte lass das sein." „Was ist los, ich tue
dir doch nichts. Hast du Schmerzen?" „Ja, ich habe Schmerzen.

Elias, ich komme dich besuchen, wenn es mir besser geht. Ich verspreche es dir. Ich liebe dich!" Elias schüttelte den Kopf, verstand die Welt nicht mehr und ging nach Hause. „Ich muss Katrin fragen, vielleicht weiß sie mehr. Sie sind ja beste Freundinnen."

Sarah war total erschöpft. Sie setzte sich in ihren Sessel und weinte. Als sie aufschaute, sah sie, dass ihr Schlüssel wieder am gewohnten Ort hing. Sie nahm den Schlüssel von der Wand und legte ihn in eine Schublade. Doch ihre panische Angst blieb. Eine Woche später fühlte Sarah sich körperlich ein wenig besser. Doch ihre Angst wurde immer größer, die Angst, dass sie schwanger sein könnte, noch größer die Angst, Elias zu verlieren.

Sie ging wieder ihrer Arbeit nach. Doch sie war oft in Gedanken versunken, bei jedem kleinen Geräusch schreckte sie auf. Madame beobachtete sie und nahm sich vor, mit Anna zu besprechen, ob sie Sarah nicht noch ein paar Tage Urlaub geben wollten. Anna stimmte ihrer Mutter zu. „Ich mache mir auch Sorgen. Sie hätte nicht so schnell wieder arbeiten sollen." Madam kam in den Laden. „Du Sarah, ich habe mit Anna abgemacht, dass du noch ein paar Tage frei machst. Du bist einfach zu wenig erholt. Du kannst, wenn du möchtest ein paar Tage nach Hause fahren?" Sarah dachte kurz nach, nach Hause in ihrer Verfassung, nein, niemals. „Es stimmt, ich fühle mich noch nicht so gut, verreisen möchte ich daher nicht. Wie wäre es denn, wenn ich halbtags arbeiten würde. So bliebe mir noch Zeit, mich zu erholen?" „Wenn du das möchtest, versuchen wir es doch. Aber lasse es uns wissen, wenn es dir zu viel wird." Sarah empfand große Dankbarkeit für das Verständnis der beiden Frauen.

Sarah war zurück in ihrem Zimmer. Sie dachte nach, ‚ich muss meinen Schmerz mit jemandem teilen!' Sie machte sich auf den Weg. Vor Elias Haustüre machte sie kurz halt … Sie nahm allen Mut zusammen und drückte auf die Hausglocke. Elias öffnete die Türe. „Welche Überraschung, komm herein. Setz dich!" Er zeigte auf einen Stuhl. Nach dem Erlebnis vor einer Woche wollte er Sarah nicht zu nahe kommen. Er ging in die Küche und holte etwas zu trinken und stellte es auf den Tisch. Er schaute Sarah an und sah ihre Tränen. „Komm Elias, setzen wir uns auf das Sofa." Sie nahm Elias' Hand. „Ich schäme mich so". Sie schluchzte, ihre Stimme versagte. „Sarah, sag es doch endlich. Was ist los?" „Elias … ich wurde vergewaltigt." „Nein, das darf nicht wahr sein!" „Doch Elias, es ist die Wahrheit." Er stand auf und hielt seine Hände vor das Gesicht. Sarah stellte sich vor ihn. „Elias, höre mir zu … ich verstehe, dass du mich so nicht mehr lieben kannst. Ich hielt es nicht mehr aus. Ich musste es dir sagen. Du bist der einzige Mensch, dem ich mich anvertrauen konnte. Elias … bitte schau mich an!" Ihr ging nur ein Gedanke durch den Kopf, sich verabschieden … und dann hoch zur Brücke! „Dann gehe ich jetzt wohl am besten." Sie drehte sich um.

„Sarah nein, bitte gehe nicht. Ich bin total durcheinander und schockiert. Wie könnte ich dich nach dem, was dir passiert ist, nicht mehr lieben? Ich liebe dich und habe die ganze Woche auf dich gewartet. Vieles ging mir durch den Kopf, aber so etwas, nein …" Beide setzten sich wieder zurück auf das Sofa, nachdenklich und still.

Elias schüttelte immer wieder seinen Kopf. Er dachte: ‚Was muss das für ein Mensch sein, der einer noch so jungen Frau so etwas antun kann?' Er legte den Arm um Sarah. „Möchtest du mir erzählen, was in jener Nacht passierte?" Sarah nahm ihren ganzen Mut zusammen und schilderte ihm die Nacht und die Tage darauf. Sie endete mit dem Satz, das Sprechen fiel ihr schwer: „Ich habe solche Angst, dass ich schwanger bin." Elias war aufgewühlt und traurig. Jetzt war er es, der seine Tränen nicht mehr aufhalten konnte. „Sarah, ich verspreche dir, ich werde für dich da sein, was immer kommen mag. Ich wünsche mir nur eines, dass wir miteinander wieder glücklich sein können." Besorgt fragte er sie: „Solltest du nicht einen Arzt aufsuchen? Wenn du möchtest, komme ich morgen mit dir zur Polizei. Du musst diesen Schuft anzeigen!" „Nein Elias, nein nie. Ich könnte nicht einer fremden Person erzählen, was mir passiert ist." Sie verspürte wieder diesen Seelenschmerz und dachte, ‚wird das denn nie vergehen?‘ Still saßen sie noch eine Weile nebeneinander. Sie fühlte sich geborgen, als Elias sie in die Arme nahm. „Es ist spät geworden, begleitest du mich nach Hause?" „Klar, am liebsten würde ich dich hier bei mir behalten!"

Sarah war froh und erleichtert, dass sie sich Elias anvertrauen konnte, dankbar, dass er so verständnisvoll reagiert hatte. Mit einem „Danke mein lieber Elias" und einem Kuss verabschiedete sich Sarah. „Gute Nacht, liebste Sarah, alles wird gut." Sarah schlief das erste Mal seit jener Nacht ohne Angst ein.

Wie abgemacht arbeitete sie noch ein paar Tage nur am Vormittag. Die Nachmittage verbrachte sie oft mit Lesen. Manchmal holte sie Lena und Andreas und machte kleine Spaziergänge mit ihnen. Die beiden machten ihr viel Freude und ließen Sarah für kurze Zeit vergessen. Am letzten Tag, bevor sie ihre Arbeit wieder ganz aufnahm, besuchte sie Helene. Seitdem sie wusste, dass sie mit Elias zusammen ist, war sie bei ihr noch willkommener.

Für den Abend hatte Katrin sie eingeladen. Sie ließ der Gedanke nicht los, dass mit Sarah etwas nicht stimmte. „Weißt du, dass Leo morgen nach Hause geht. Er müsse seinem Vater auf dem Weingut helfen, gab er als Grund an. Das glaubt ihm aber niemand so richtig." Als sie zu Sarah aufblickte, sah sie, dass sie kreidebleich war. „Was ist los, warum weinst du? Ich habe es geahnt, dieser miese Kerl. Was hat er dir angetan? Ich habe dein blaues Handgelenk gesehen. Du warst nicht wirklich krank?" Zum zweiten Mal erzählte Sarah ihre traurige Geschichte. Dieses Mal war es Katrin, die aufstand und Sarah in die Arme nahm. Am nächsten Morgen, Sarah wollte gerade zur Arbeit gehen, klopfte es an ihrer Türe. Sarah machte auf und Leo stand da! „Ich wollte mich von dir verabschieden. Du wirst noch an mich denken!" Sarah knallte die Türe zu … An diesem Abend läutete Sarah bei Elias Sturm. Er sah ihr lachendes und weinendes Gesicht. Sie fiel ihm in die Arme. „Elias, ich bin nicht schwanger!"

— 15 —

Aufgeregt ging Katrin am Sonntag auf den Bauernhof zu. Nach außen hatte sich nicht viel verändert. Ihr Vater stand vor der Türe. Er streckte die Arme aus. „Wie schön, dich zu sehen, mein Mädchen. Ich habe dich jeden Tag vermisst." „Denk nicht, Vater, dass ich euch nicht vermisst habe!"

Fünf Jahre lang hatte sie ihre Familie nicht mehr gesehen! Die Mädchen waren zu hübschen jungen Frauen herangewachsen. Als sie ihren Sohn sah, versagte ihr die Stimme. Am liebsten hätte sie ihn in die Arme genommen. „Bist du meine große Schwester?" Die Antwort blieb sie ihm schuldig. Ihre Mutter kam aus dem Zimmer.

Katrin erschrak, ‚ist das wirklich meine Mutter?' Ihr kam eine um Jahre gealterte Frau entgegen. Nach dem Mittagessen beriet Katrin sich mit ihren Eltern, wie es nun weitergehen sollte. Sie erklärte ihnen, dass sie nicht nach Hause kommen werde. „Aber du kannst uns doch jetzt nicht im Stich lassen. Denk doch an deinen kleinen Bruder." „Seit fünf Jahren, als ich damals fortging, habe ich Tag und Nacht an ihn gedacht. Ich habe stundenlang um ihn geweint. Jetzt mache ich euch einen Vorschlag. Ich habe in all den Jahren gespart. Nun werde ich die Arbeit reduzieren und Manuel zu mir nehmen." „Nein, das kannst du uns nicht antun. Das lassen wir niemals zu." „Bitte, lasst mich ausreden! Ich suche eine kleine Wohnung. Im Herbst wird Manuel eingeschult. Ich denke, das ist jetzt der beste Zeitpunkt. Und dann ist mein Sohn endlich da, wo er hingehört."

Die Eltern wollten ihr widersprechen, doch Katrin sprach weiter. „Manuel kann euch besuchen, wenn er möchte und er kann in den Ferien zu euch kommen. Ich werde ihm nie den Umgang

mit euch verbieten. Ihr müsst doch sehen, dass der kleine Junge unter den jetzigen Umständen nicht glücklich ist, ja nicht glücklich sein kann." Ihre Mutter willigte ein, jedoch ihr Vater zögerte. „Ich verstehe, dass es euch schwerfällt, doch wenn ich alles geregelt habe, hole ich Manuel ab. Ich habe ein Recht, meinen Sohn zu mir zu nehmen. Ich bedaure es, dass ich diesen Schritt nicht schon viel früher gewagt habe. Ich gehe zu ihm und erkläre ihm alles". Katrin ging nach draußen. Sie sah ihren Sohn allein vor dem Haus spielen.

Es gab in der näheren Umgebung keine gleichaltrigen Kinder, mit denen er hätte zusammen sein können. Sie setzte sich neben ihn. „Manuel, du weißt, dass deine Mama krank ist und oft im Bett bleiben muss. Das ist nicht so schön für dich, oder?" „Nein, sie erzählt mir auch keine ‚Gute-Nacht-Geschichten' mehr. Ich muss dann manchmal weinen", sagte er traurig. „Ich möchte dich gerne zu mir nehmen. Du wirst ja im Herbst eingeschult. Wenn du Ferien hast, kannst du jederzeit deine Eltern und Geschwister hier besuchen."

Manuel schaute Katrin mit großen Augen an … und fiel ihr um den Hals. Katrin weinte vor Glück. Wie musste der „Kleine" unter diesen Umständen gelitten haben. „Ich packe meine Spielsachen in den Rucksack, dann bin ich bereit." „Du musst schon noch ein wenig Geduld haben. Ich muss noch ein paar Dinge regeln und für uns eine kleine Wohnung suchen. Dann hole ich dich ab. Ich freue mich so auf dich."

Sie nahm ihren Jungen an die Hand und ging zurück ins Wohnzimmer. Freudig rief er: „Katrin holt mich bald ab. Ich darf bei ihr wohnen". Ihre Mutter war schon wieder im Bett. Ihr Vater sagte traurig: „Es ist wohl das Beste, der kleine Bub leidet." Als Sarah am Abend Katrin freudestrahlend heimkommen sah, ging sie ihr entgegen. „Wann holst du deinen Sohn zu dir?" „Wenn ich alles geregelt habe, so schnell wie möglich. Ich werde dich neben mir vermissen!"

Katrin fand mit der Hilfe ihres Freundes eine passende Wohnung. Jonas half ihr beim Einrichten der Wohnung, was sie sehr schätzte. So ging alles rasch voran. Er beteiligte sich am Möbelkauf, was Katrin gerne annahm, allerdings nur mit der Option, dass sie ihm das Geld später zurückzahlte. Ihr „Gespartes" hätte zwar gereicht, aber sie war froh, dass ihr noch etwas übrigblieb. Doch Jonas meinte: „Mach dir jetzt mal keine Sorgen, wer weiß, vielleicht ziehe ich schon bald bei euch beiden ein."

Doch Katrin wollte nichts überstürzen. Sie wollte im Moment für ihren Sohn da sein. Lange genug musste sie ihn entbehren. Sie konnte sich ein Zusammenleben gut vorstellen, aber Manuel und Jonas mussten sich zuerst aneinander gewöhnen. Drei Wochen später kam der große Tag, ein emotionaler Moment für alle. Manuel war mit Koffer und Rucksack bereit. Er freute sich, als er Katrin kommen sah. Als Katrin ihre Eltern sah, tat es ihr im Herzen weh. Die Trennung war schwer, sie nahmen weinend Abschied von Manuel.

Manuel hatte sich gut eingelebt. Er hatte gleichaltrige Freunde gefunden. Ein fröhlicher Junge, der sich auf seinen ersten Schultag freute. Schon früh stand er aufgeregt an Katrins Bett. Am Mittag erzählte er von seinen ersten Erlebnissen. „Du Katrin, ich muss dir noch etwas beichten. Alle Kinder durften etwas von ihrem Zuhause erzählen. Als ich an der Reihe war …" „Was war dann?" „Ich habe gesagt: Ich bin erst seit ein paar Wochen hier und wohne jetzt bei meiner Mama." „Manuel, das ist doch nicht schlimm!" „Später, beim Nachhausegehen, hat mich ein Mädchen gefragt, ob ich denn keinen Papa hätte. Ich habe ihm gesagt, doch schon, aber er lebt nicht bei uns."

Manchmal fragte Manuel nach „seinen Eltern", was auch verständlich war. Wenn es ihm auch nicht immer gut ging, er hatte die ersten sechs Jahre mit ihnen gelebt. Wie es Katrin versprochen hatte, durfte er sie, wann immer es möglich war und er es wollte, besuchen. Jonas und Manuel waren inzwischen gute Freunde.

Wenn Katrin sie zusammen spielen sah, ging Katrin oft der Gedanke durch den Kopf: ‚Jonas wäre für ihn ein guter Papa‘. Einmal, als Katrin die Gute-Nacht-Geschichte beendet hatte, fragte Manuel sie: „Du, wann heiratest du eigentlich Jonas?“ „Das kann ich dir nicht sagen. Ich weiß auch nicht, ob er mich heiraten möchte.“ „Doch, er möchte schon, er hat es mir gesagt.“ „Und was meinst du Manuel, möchtest du denn, dass er zu uns zieht?“ Er umarmte sie stürmisch: „Ja, das möchte ich. Ich habe Jonas ganz fest lieb.“

Später, als Jonas auf Besuch kam, fragte Katrin ihn: „Was habt ihr denn für Geheimnisse, du und Manuel?“ „Hat er es verraten, das kleine Bürschchen!“ Jonas kam auf Katrin zu: „Möchtest du mich heiraten?“ Katrin war gerührt. „Ich muss dir zuerst noch unbedingt etwas sagen! Manuel ist nicht mein Bruder, er ist mein Sohn.“ „Katrin, ich habe es geahnt. So wie du mit Manuel umgehst, das ist mehr als ‚Geschwisterliebe‘. Wann willst du es ihm sagen?“ „An unserem Hochzeitstag werde ich es ihm sagen.“ „Ich werde ihm ein guter Papa sein!“ „Jetzt, wo ich mein Geheimnis los bin … Ja, ich möchte deine Frau werden!“ Überglücklich umarmten sie einander.

16

Langsam erholte Sarah sich ein wenig. Vergessen wird sie wohl noch lange nicht, vielleicht auch nie, was in jener Nacht geschah. Dass Katrin nicht mehr neben ihr wohnte, daran musste sie sich gewöhnen. Mit Elias verbrachte sie viel Zeit. Es war auch für ihn nicht einfach, zu spüren, wie Sarah immer noch unter dem Geschehen litt. Immer wieder nahm sie sich vor, ihren Eltern von Elias zu schreiben. Doch bei jedem Brief dachte sie: ,Das nächste Mal …' Der Sommer ging vorüber und langsam nahm schon der Herbst Einzug. Sarah las den Brief zum zweiten Mal, einen Brief, geschrieben von ihren Eltern.

… Uns hat man geschrieben, dass du einen Freund hast, dich oft mit ihm triffst und ihr die Nächte zusammen verbringt. Wir dulden das auf keinen Fall. Es ist wohl das Beste, wenn du nach Hause kommst.

Nein, auf keinen Fall, jetzt nicht! Sarah hatte eine Ahnung, wer ihren Eltern geschrieben hatte. „Du wirst noch an mich denken!" Sarah nahm ihr Briefpapier und schrieb:

Liebe Eltern
Es macht mich traurig, dass ihr mir so wenig Vertrauen schenkt. Ja, ich habe einen Mann kennengelernt, er heißt Elias. Wir lieben uns und verbringen viel Zeit miteinander. Doch ich habe noch keine Nacht bei ihm verbracht. Madam würde das auch niemals zulassen. Ich habe oft überlegt, euch von Elias zu schreiben, doch ich hatte Angst, Angst vor dem was jetzt eingetroffen

Am Abend erzählte sie Elias, was ihre Eltern von ihr verlangten.
Elias tröstete Sarah und dachte: ‚Doch nicht jetzt, wo sie langsam
wieder glücklich ist'. Sarah war ihm unendlich dankbar für seine Liebe und seine Geduld. „Wollen wir zu deinen Eltern fahren und mit ihnen reden?" Sarah dachte nach. Sie kannte ihre
Eltern zu gut. „Wir warten mal ab, wie sie auf meinen Brief re-
agieren." Am Tag darauf erzählte Sarah auch Madam und Anna
von dem Brief ihrer Eltern. Sie waren beide geschockt: „Nein
Sarah, wir lassen dich jetzt nicht einfach so gehen." „Wenn du
möchtest, telefoniere ich mit deinen Eltern", machte Madam ihr
den Vorschlag. Doch dazu kam es nicht mehr. In einem weite-
ren Brief schrieben ihre Eltern:

*Wir erwarten dich in spätestens einer Woche. Du bist noch nicht
volljährig und wir sind für dich verantwortlich … Sarah, du
kommst nach Hause, wenn nicht, holen wir dich ab.*

Sarah war verzweifelt. Sie wusste, dass die Eltern ihre Meinung
nicht ändern würden. Madam wollte nicht, dass Sarah noch arbeitete. „Genieße die Tage vor deiner Abreise." Sarah wollte sich
noch unbedingt von Helene, Elias' Großmutter, verabschieden.
Es war ein trauriger Abschied. Helene schüttelte immer wieder
den Kopf. „Ich kann deine Eltern nicht verstehen. Elias und du,
ihr wart so glücklich miteinander. Wie sehr habe ich euch das
Glück gegönnt. Komisch, wie das Leben so spielt. Ich habe dich

traurig kennengelernt. Heute muss ich mich von dir, traurige Sarah, verabschieden."

Helene wischte sich die Tränen ab und fragte: „Aber du kommst doch wieder?" Sarah hielt es nicht mehr aus. Sie umarmte Helene, drückte ihr einen Kuss auf die Wange und verließ das Haus. Als sie zurückblickte, sah sie Helene weinend vor der Türe stehen. Zurück in ihrem Zimmer zog sie sich eine Jacke über und machte sich auf den Weg. Sie wollte nochmals hoch zu ihrem Lieblingsplätzchen. Der Sommer ging dem Ende zu. Der Herbst, den Sarah immer geliebt hatte, zog langsam ein. Die ersten Blätter fielen von den Bäumen.

Sarah dachte an die vergangene Zeit. Es fühlte sich alles so leer und trostlos an. Sie ließ ihren Tränen freien Lauf. Die Vergewaltigung saß immer noch tief in ihrer Seele. Elias hatte ihr immer wieder geholfen, das traurige Erlebnis wenigstens für kurze Zeit zu vergessen. Der Gedanke, dass sie in Zukunft allein mit ihrem Schmerz fertig werden musste, war fast unerträglich. Diesen letzten Abend … wollte sie mit Elias verbringen.

Sie sah ihn kommen und lief ihm in die Arme. Eng umschlungen standen sie eine Weile still da. „Komm Sarah, lass uns rein gehen, du frierst ja." Er legte den Arm um sie und drückte sie an sich. „Oh, wie ich deine Wärme vermissen werde." Sarah schmiegte sich an Elias. „Ich würde so gerne mit dir schlafen, aber ich habe solche Angst." Elias schaute sie an. „Liebe Sarah, ich freue mich so auf das erste Mal mit dir. Doch dein Zögern sagt mir, dass es noch zu früh ist." „Du hast recht, Elias, aber wenn du es möchtest, würde ich …" „Mach dir nicht unnötige Sorgen. Uns bleibt noch viel Zeit."

Sie kuschelte sich an Elias und war ihm unendlich dankbar. Elias begleitet Sarah etwas später als gewohnt nach Hause. Sie war mutlos und traurig. Sie hatte Angst, Elias zu verlieren. „Elias, wartest du auf mich? Nächstes Jahr, wenn ich achtzehn bin, stehe ich wieder vor deiner Türe." „Sarah, ich verspreche es dir. Was wir füreinander fühlen, ist so schön. Ich werde auf dich warten. Du bist meine große Liebe! Noch gebe ich die Hoffnung nicht auf, dass deine Eltern erlauben, dass wir uns ab und zu sehen dürfen."

Doch die Meinung ihrer Eltern war klar, sie zu jung, er zu alt! Dass Elias etwas älter war als sie, störte Sarah überhaupt nicht. Im Gegenteil, ein Mann in ihrem Alter hätte bestimmt nicht so verständnisvoll mit ihrem großen Schmerz umgehen können. Der Abschied von Katrin, Jonas und von Anna mit den beiden Kindern fiel ihr schwer. Madam nahm Sarah in die Arme, sie weinte. „Ich werde dich vermissen. Ich habe dich in mein Herz geschlossen. Du warst fast wie eine dritte Tochter für mich. Bleibe gesund. Wenn ich etwas für dich tun kann, lasse es mich wissen." „Im nächsten Jahr bin ich wieder bei euch ..."

Elias begleitete sie auf den Bahnhof. Er reichte ihr eine Schachtel. „Ein Geschenk für dich, damit du bei jedem Schritt an mich denkst!" Umschlungen standen sie da. Sarah war unendlich traurig. Elias flüsterte ihr zu: „Bis bald, meine liebe Sarah, ich warte auf dich". Auf der Fahrt öffnete Sarah die Schachtel. Ein paar weiße Stiefel! Für einen kurzen Moment vergaß sie ihren Schmerz, so sehr freute sie sich. Sie steckte die Stiefel in ihre Tasche, die Schachtel ließ sie in der Bahn zurück. Sarah wurde am Bahnhof abholt.

Zu Hause angekommen, wurde sie mit Fragen bombardiert. „Lasst mich bitte einen Moment in Ruhe. Mir geht es nicht gut." Sie konnte sich nicht einmal freuen, ihre Familie wieder zu sehen. Unter anderen Umständen ganz bestimmt, aber so, es tat ihr fast leid, nein, sie konnte sich nicht freuen. Ihre Familie war enttäuscht. So kannten sie ihre Tochter und Schwester nicht. Wie schon bei ihrem Besuch fiel Sarah auf, dass vieles nicht mehr am gewohnten Ort stand.

„Wo kann ich meine Sachen einräumen?" „Deine Schwester hat dir im Schrank Platz gemacht", sagte ihre Mutter. Einen Tag später ging Sarahs Vater zu ihr ins Zimmer. Zu sehen, wie er litt und mit der Situation schlecht umgehen konnte, tat Sarah im Herzen weh. „Ich habe in einem Geschäft im Schaufenster einen Anschlag gesehen. Es wird eine Verkäuferin gesucht. Gehe doch mal nachfragen." Sara wollte unbedingt arbeiten und ging noch am Nachmittag dorthin. Sie betrat den Laden, ein Mann, sie nahm an, dass es der Chef war, fragte nach ihren Wünschen. „Ich interessiere mich für die Stelle als Verkäuferin." Einen Moment sah er sie freundlich an. „Du bist noch sehr jung, hast du denn Erfahrung im Verkauf?" Diese Frage erstaunte Sarah nicht. Sie sah jünger aus, als sie eigentlich war. „Doch, ich habe Erfahrung. Ich habe bereits als Verkäuferin gearbeitet." Sie nahm ihre Zeugnisse aus der Tasche und legte sie auf den Tisch. Er nahm die Zeugnisse und sah sie an.

Während er las, sah Sarah sich im Laden um. „Du scheinst tüchtig zu sein für dein Alter. Ich würde dich gerne anstellen. Wann könntest du denn beginnen?" „Gleich morgen, wenn sie möchten. Aber ich würde nur für zirka fünf Monate bleiben. Ich bin nur vorübergehend nach Hause gekommen." Er überlegte, er wollte schon jemand für längere Zeit anstellen. Doch die Zeit drängte, das Weihnachtsgeschäft … Sarah stand da und wartete gespannt auf seine Antwort.

„Einverstanden, dann bis morgen um acht." „Ich habe noch eine Frage, wieviel würde ich verdienen?" Der sympathische Herr nannte ihr einen Betrag. „In Ordnung, ich bin morgen Punkt acht da. Ich freue mich, auf Wiedersehen." Ein selbstbewusstes Persönchen, die junge Frau gefiel ihm. Kurze Zeit später kam seine Frau in den Laden. „Jetzt bist du gerade ein paar Minuten zu spät. Ich habe gerade eine Verkäuferin eingestellt!"

Auch sie freute sich. Mit drei kleinen Kindern blieb ihr nicht viel Zeit, ihrem Mann im Geschäft zu helfen. „Wann kann denn diese Frau anfangen? Das Weihnachtsgeschäft beginnt doch schon bald." „Ja, stell dir vor, sie will morgen pünktlich um acht im

Laden sein." Ein wenig skeptisch fragte seine Frau. „Ist denn mit ihr alles in Ordnung?" „Ich denke schon. Sie hat ein sehr gutes Zeugnis. Sarah heißt sie, wirkte auf mich sehr freundlich, mit einer Spur Traurigkeit in ihrem Gesicht. Sie bleibt aber nur für fünf bis sechs Monate. Dann will sie zurück an ihren alten Arbeitsplatz. Statt uns Gedanken zu machen, freuen wir uns doch einfach, dass wir so kurzfristig jemand gefunden haben."

— 17 —

Sofia freute sich auf das Wiedersehen mit ihrer Familie. Ihre Eltern und ihre Schwester warteten gespannt auf das Eintreffen des Flugzeuges. Als sie Sofia im Menschengetümmel erblickten, liefen sie ihr entgegen. „Da bist du endlich! Wie gut du aussiehst", sagte ihre Mutter und umarmte ihre Tochter. Nachdem sie einander begrüßt hatten, nahm Sofias Vater die Koffer.

„Lass uns fahren, du hast uns sicher viel zu berichten." Ihre Schwester hängte bei ihr ein. „Ich freue mich, dich wieder für ein paar Tage bei mir zu haben." „Da bin ich!" Sofia begrüßte ihren Bruder. Es fühlte sich alles an, als ob sie nie fort gewesen wäre.

Beim gemeinsamen Nachtessen erzählte sie von ihren Erlebnissen in England. Alle hörten ihr gespannt zu. „Und was gibt es Neues bei uns im Dorf?", fragte Sofia und schaute in die Runde. Ihre Mutter wandte sich Sofia zu. „Mach es dir ein paar Tage gemütlich. Besuche deine Freunde und lass es dir gut gehen. Über die Weihnachtstage sind wir sehr froh, wenn du uns hilfst. Wir sind ausgebucht, alle Zimmer sind besetzt."

Sofia schlenderte durch das inzwischen große Dorf. Sie hatte bereits in England Weihnachtseinkäufe gemacht. Für ihren Vater wollte sie noch einen Pullover kaufen. Auch für ihre Freunde fehlten ihr noch ein paar Kleinigkeiten. Am Abend wollte Sofia sich im Stammlokal mit ihren Freunden treffen. Der Gedanke, dass Elias mit seiner Freundin auch da sein könnte, machte sie ein wenig unsicher.

Ihre Freunde begrüßten sie freudig. Da sah sie ihn, Elias war allein da. Im Verlauf des Abends kam sie mit ihm ins Gespräch. Sofia kannte ihn zu gut, dass sie nicht bemerkt hätte, dass ihn etwas bedrückte. „Wollen wir uns morgen Abend zu einem Drink treffen?“, fragte sie Elias. „Gerne“, meinte er, „aber nur als gute Freunde.“ „Ja klar, selbstverständlich!“ Sofia wartete gespannt auf den Abend. Wie abgemacht trafen sie sich in einem gemütlichen Café. Sie saßen sich gegenüber wie früher und doch, inzwischen hatte sich vieles verändert.

„Erzähl, wie ist es dir in England ergangen?“, begann Elias das Gespräch. Sofia erzählte aus ihrer Zeit in England. „Es hat mir sehr gut gefallen. Ich werde nach Weihnachten wieder zurückgehen. Ich habe einen netten Freund kennen gelernt. Jeremy und ich haben am selben Ort studiert. Wer weiß, vielleicht wird England meine zweite Heimat. So, nun bist du an der Reihe.“

Elias erzähle Sofia von der Zeit mit Sarah. Nur was mit Sarah passiert war, darüber wollte und konnte er mit niemandem reden. Er beendete das Gespräch mit: „Ich liebe Sarah über alles. Ich werde auf sie warten.“ Tränen verschleierten seine Augen. „Du musst sie sehr lieben. Ich wünsche dir von Herzen, dass alles gut wird.“ Dankend verabschiedeten sie sich voneinander. Sie versicherten sich gegenseitig, die Hochzeitsanzeige zu schicken …

Kurz vor Weihnachten; die ersten Gäste trafen ein. Ihre Mutter war mit ihr zusammen am Empfang. Sofia reichte einem Gast das Anmeldeformular. Sie horchte auf, als sie nebenan eine Stimme mit gebrochenem Deutsch hörte. Mein Gott, Jeremy! „Bitte entschuldigen sie, ich muss schnell …“ Ihre Mutter sah die herzliche Begrüßung. ‚Das muss er wohl sein, der junge Engländer, in den sich meine Tochter verliebt hat.‘ Sofia ging zurück an ihre Arbeit. Jeremy bezog das Zimmer. Als sie am Vorabend vor dem großen Eintreffen die Gästeliste durchsah, fiel ihr eine Buchung auf. Ein Einzelzimmer für zwei Wochen, das war doch eher selten, die Anreise aus England. Nie hatte Sofia auch nur einen Gedanken, dass der Gast Jeremy sein könnte. Die Überraschung war ihm gelungen. Sofia konnte es kaum erwarten, sich mit ihm zu treffen.

Als der größte Rummel vorbei war, sagte die Mutter zu Sofia: „Gehe hoch zu deinem Jeremy. Er wartet bestimmt auf dich." Die Nachricht, dass Sofia wieder nach England reisen würde, war für alle nicht einfach. Dass sie sich von Elias getrennt hatte, kam für die ganze Familie sehr überraschend. Er war immer willkommen in ihrem Haus. Hauptsache, sie ist glücklich, tröstete ihre Schwester die Eltern. Glücklich, das war Sofia mit ihrem Jeremy. Wann immer die Zeit es erlaubte, war sie mit ihm zusammen. Einzig der Gedanke an Elias stimmte sie traurig. Wie sehr hätte sie ihm das Glück mit Sarah gegönnt.

Jeremy half im Hotel mit, wo er konnte. Bald stellten Sofias Eltern fest, dass sie sicher richtig entschieden hatte. Er war hilfsbereit, freundlich und er ging mit Sofia liebevoll um. Die Tage vergingen sehr schnell. Der große Abschied stand bevor. „Wir gönnen dir dein Glück, aber wir vermissen dich so sehr. Wir kommen dich besuchen. Bis bald in England!"

— 18 —

Kurze Zeit vor Weihnachten bekam Sarah Post von Katrin. „Was schreibt sie?", fragte ihre Mutter. „Darf ich bitte den Brief in Ruhe lesen?" Das ständige Misstrauen machte Sarah alles noch schwerer. Sie ging in ihr Zimmer, setzte sich aufs Bett und las den langen Brief mit vielen erfreulichen Nachrichten.

… ich habe ein paar Mal Elias gesehen. Er vermisst dich sehr! Meine beiden Männer verstehen sich prächtig. Wir möchten noch ein Geschwisterchen für Manuel. Hoffentlich klappt es bald. Du wirst, wenn du möchtest, Patin. Unter anderem … Ich vermisse dich, liebe Sarah, sehr. Wir hatten eine Zeit miteinander, die ich nie vergessen werde. Dass du so kurzfristig nach Hause musstest, konnte ich nicht verstehen.

Sie las den Brief zu Ende … Tränen liefen über ihr Gesicht!

Sarah arbeitete gerne, es war nichts „Neues" für sie. Sie schrieb lange Briefe an Elias. Die schlimmen Erfahrungen kamen aber immer wieder hoch. Sie weinte oft in der Nacht. In der Zeit mit Elias ging es ihr viel besser. Nachdem sie sich ihm anvertraut hatte, konnte sie mit ihm darüber reden. Das Verständnis und die Liebe von Elias machte ihr alles erträglicher. Sie hatte nur ein Ziel vor Augen …

Die Briefe von Elias legte sie in eine Schachtel und steckte diese in ihre Reisetasche. Das Gefühl ließ sie nicht los, dass eines ihrer Familienmitglieder ihre Briefe lesen würde. Sollen sie doch … einen Brief von Elias aber hätte sie unbedingt zerreißen müssen … Der Weihnachtsabend rückte näher, es war ein sehr strenger Tag.

Bevor sie Feierabend machten, fragte Sarah ihren Chef: „Dürfte ich noch schnell meinen Freund anrufen, ich würde ihm so
gerne gute Weihnachten wünschen?" „Ja Sarah, das dürfen sie,
das haben sie verdient. Danke für ihre gute Arbeit." Er stecke
ihr ein Kuvert zu: „Das ist für sie! Lassen sie sich Zeit, ich räume unterdessen noch ein wenig den Laden auf."

Sarah wählte die Nummer. Sie wusste, dass Elias Weihnachten
mit seinen Eltern feierte. Er nahm das Telefon an, als ob er gespürt hätte, dass Sarah ihn anrufen würde. „Mein Gott, Sarah!"
Beide waren so ergriffen, dass sie kaum ein Wort sprechen konnten. „Elias, ich vermisse dich so sehr." „Ich vermisse dich auch,
mein Liebes. Dass du mich anrufst … es ist für mich das schönste
Weihnachtsgeschenk." „Elias, es tut mir so leid, ich hätte die Jacke so gerne behalten, aber du weißt, meine Eltern!" „Du kannst
sie im nächsten Winter tragen, wenn du wieder bei mir bist". Sie
hätten noch Stunden miteinander telefonieren können! „Elias,
ich muss Schluss machen. Ich küsse dich, ich liebe dich, bis bald."

Heiliger Abend, Sarah machte sich auf den Heimweg. Sie nahm
sich fest vor, netter mit ihrer Familie umzugehen. Besonders ihren jüngeren Geschwistern wollte sie nicht den Abend verderben.
Sie dachte daran zurück, wie sehr sie sich immer auf das „Christkind" gefreut hatte. Bevor sie die Treppe hoch ging, blieb sie
kurz stehen, sie kämpfte mit den Tränen. Die Vergewaltigung,
das fern sein von Elias … Sie hatte Angst, dass sie das alles nicht
schaffen würde! Sie öffnete die Türe. „Wo warst du so lange?"
„Mutter, ich habe gearbeitet." Sarah musste sich zusammenreißen, dass sie nicht ausrastete. Die ständige Kontrolle, sie hielt es
fast nicht mehr aus. Nach dem Essen ging die ganze Familie in
die geschmückte Stube.

Die Lichter brannten am Tannenbaum, die Geschenke waren
schön verpackt. Wie üblich wurde zuerst gesungen und dann
erst die Geschenke ausgepackt. Als das Lied „Stille Nacht, heilige
Nacht" angestimmt wurde, konnte Sarah nicht mehr. Sie brach

in Tränen aus und verließ die Stube. Kurze Zeit später kam sie zurück und sagte nur: „Es tut mir leid". Ihr Bruder fragte: „Was hat sie denn?" Die Mutter antwortete ihm: „Das verstehst du noch nicht, das geht vorüber." Bald kam wieder eine fröhliche Stimmung auf. Alle erfreuten sich an den Geschenken und packten sie aus. Nur Sarah … Später machte sich die Familie auf den Weg zur Kirche, zum Besuch der Mitternachtsmesse.

Von überall her hörte man Glockengeläute … Sarah lief schweigend neben ihrer Familie, in Gedanken bei Elias. Niemand konnte in der finsteren Nacht sehen, wie sie leise weinte. Alles kam ihr so fremd vor. Das längere Fernbleiben von ihrer Familie, was sie nicht selber gewählt hatte, hatte vieles verändert. Sie fror am ganzen Körper. Dass sie Elias die Jacke zurückschicken musste, sie konnte es nicht begreifen.

Am Weihnachtstag, als sie kurz allein mit ihren Eltern war, nahm sie allen Mut zusammen. Sie fragte, ob sie doch bitte einmal Elias einladen dürfe. Ob sie ihn besuchen könne, wagte sie erst gar nicht zu fragen. „Ein für alle Mal: Nein." Sarah war verzweifelt und schrieb einen langen Brief an Elias. Froh, dass die Feiertage vorbei waren, ging sie wieder ihrer Arbeit nach. Es war für sie eine gute Abwechslung, die sie, wenn auch nur für kurze Zeit, vergessen ließ.

Sie bedankte sich nochmals bei ihrem Chef für seine anerkennende Geste am Weihnachtsabend. „Es freut uns, dass es ihnen bei uns so gut gefällt. So ganz glücklich scheinen sie aber nicht zu sein." „Ich vermisse meinen Freund!" „Dann frage ich mich schon, warum sie nicht bei ihm geblieben sind?" Sarah war froh, dass in dem Moment eine Kundin den Laden betrat. Später erzählte Sarah ihrem Chef, dass ihre Eltern ihr das Zusammensein mit ihrem Freund nicht erlaubten. „Das kann ich nicht verstehen. Ich schätze ihre Eltern sehr, aber nein, das kann ich mir gar nicht vorstellen. Sie sind so eine bodenständige, selbständige Frau. Wehren sich dagegen. Es ist ihr Leben, kämpfen sie für ihre Liebe." „Ich habe alles versucht. Wenn ich achtzehn bin, gehe ich zurück zu ihm."

Es war der fünfte Januar. Sarah verließ mit ihrem Chef den Laden. „Oh mein Gott, Elias, träume ich?" Als sie sich umdrehte, um sich von ihrem Chef zu verabschieden, sah sie ihn zurück in den Laden gehen. Vor lauter Freude konnte sie kaum reden. „Komm, da vorne steht mein Wagen. Wir fahren ein Stücklein. Ich habe beim Herfahren im nächsten Ort eine kleine Dorfbeiz gesehen. Sarah, ich bin so glücklich!"

Obwohl Sarah wusste, was sie zu Hause erwartete, war es ihr egal. Nur das „Jetzt" und das Zusammensein mit Elias zählte für sie … alles andere war ihr egal. Sie sahen sich verliebt an und hielten sich an beiden Händen fest. Keine großen Worte, nur der Moment zählte. „Elias, nimm mich mit, ich will nicht zurück. Ich brauche dich. Ich will nicht länger stark sein." Er tröstete sie: „Schon ist mehr als ein Monat vorbei, halte durch, meine liebe Sarah." Sie sah ihn an. „Du hast recht, genießen wir unser kurzes Zusammensein."

Sie stand auf und nahm neben ihm Platz. Sie wollte seine Nähe spüren. Die Zeit verging im Fluge. „Elias, ich danke dir, dass du gekommen bist." Und wieder war es Zeit, aufzubrechen. „Lass uns gehen!" Die Ungewissheit, was auf Sarah zukam, ließ ihm keine Ruhe mehr. Etwas entfernt von ihrem Haus hielt er seinen Wagen. Sie umarmten sich und küssten sich zärtlich voller Liebe. „Bis bald, ich komme wieder", versicherte Elias seiner Sarah. Er schenkte ihr ein schönes buntes Halstuch. „Das kannst du vor der Haustüre ausziehen und in die Tasche stecken", meinte er lächelnd, obwohl er lieber geweint hätte.

Sarah blieb stehen, bis Elias davonfuhr. Auf der obersten Stufe blieb Sarah stehen. Ihr Herz klopfte, sie öffnete die Türe. „Hallo, ich bin da …" „Wurdet ihr fertig mit dem Inventar?", rief ihre Mutter. „Nicht ganz, wir machen morgen weiter!" Hätte sie doch nur Elias mitteilen können, dass er sich nicht sorgen müsse. Am nächsten Morgen, als ihr Chef in den Laden kam, stürmte sie ihm entgegen. „Ich weiß nicht, wie ich ihnen danken soll. Ein größeres Geschenk hätten sie mir nicht machen können." „Ein junges Glück darf man nicht zerstören. Einen tollen Mann haben sie sich da ausgesucht." „Ich habe ihn nicht gesucht. Es war Liebe auf den ersten Blick."

— 20 —

Es war Samstag an einem Februar Abend. Ein bissiger Wind blies Sarah um die Ohren. Sie war auf dem Heimweg. Ihre Gedanken waren bei Elias. Seine Liebe war es, die ihr die Kraft gab, durchzuhalten. Besonders schlimm waren die Nächte. Sie konnte noch den Alkohol riechen von jener Nacht. Sie spürte die großen Hände auf ihrem Körper. Sie tröstete sich oft damit: „Wenn ich wieder bei Elias sein kann, geht es mir besser.“ „Durchhalten, nur noch drei Monate“, redete sie sich immer wieder ein! Ahnungslos betrat Sarah die Wohnung. An den Gesichtern ihrer Eltern sah sie, dass etwas passiert sein musste. „Was ist denn los?“ Ihr Vater zitierte sie in die Küche. Sie erschrak, auf dem Tisch lag ein Brief. Ein Brief von Elias, in dem er geschrieben hatte:

… Ich denke noch oft an den Abend, an dem du vor meiner Türe gestanden bist, mir unter Lachen und Weinen gesagt hast, Elias, ich bin nicht schwanger.

„Es war nicht Elias, lasst mich reden. Ich erkläre euch alles.“ „Hör auf mit deinen Lügen. Da steht es schwarz auf weiß“, rief ihre Mutter. „Ich wollte doch schon lange …“ Weiter kam Sarah nicht, ihr Vater ließ sie nicht aussprechen. „Wenn du nicht jeglichen Kontakt mit ihm abbrichst, zeigen wir ihn an: ‚Wegen Missbrauch von Minderjährigen‘.“ „Nein, das dürft ihr Elias nicht antun.“ Sarah stand auf, sie hatte keine Kraft mehr! Sie nahm ihren Mantel, zog die weißen Stiefel an und band das Halstuch um. Verzweifelt, mutlos ging sie hinaus in die kalte, finstere Nacht.

Sarah öffnete die Augen und sah ihn. „Elias, du bist gekommen?"
„Ja, meine liebe Sarah, dein Chef hat mich angerufen und mir
mitgeteilt, dass du im Krankenhaus bist." „Was ist mit mir los?"
„Du wurdest in kritischem Zustand, unterkühlt, von einer Frau
auf den Notfall gebracht. Erinnerst du dich, was passiert ist?"
Sarah überlegte: „Ich war verzweifelt und habe mich am Wald-
rand auf eine Bank gesessen und geweint."

„Ja, und da bist du eingeschlafen und eine Frau hat dich bei ihrem Spaziergang gefunden." Sarah war sehr geschwächt und es fiel ihr schwer zu reden. „Danke Elias, dass du gekommen bist. Ich freue mich so." Er nahm ihre Hände. „Ich muss dir etwas sagen. Deine Eltern haben mir den Besuch nur erlaubt, wenn ich aus deinem Leben verschwinde. Ich bin gekommen, um mich von dir zu verabschieden. Ich möchte nicht, dass du dein junges Leben wegen mir aufs Spiel setzt."

„Elias nein, nein, ich wollte nicht sterben. Ich werde, sobald ich kann, zu dir kommen." „Sarah, ich habe lange überlegt. Du weißt, dass ich dich von Herzen liebe! Ich werde für eine Zeitlang ins Ausland gehen." „Nach England …?" „Nein, ich fahre nicht nach England. Sofia ist inzwischen glücklich mit Jeremy. Bitte verstehe, liebe Sarah, deine Eltern würden mich nie in die Familie aufnehmen. Sie würden immer zwischen uns stehen. Ich will, dass du glücklich wirst." „Bitte Elias, ich bin glücklich mit dir. Ich liebe dich." Elias stand auf. Er streichelte Sarah zärtlich über die Wangen und küsste sie auf die Stirne. „Ich gehe jetzt, mein Liebes." „Nein Elias … bleib!" Auf dem Flur begegnete Elias einer Krankenschwester und bat sie: „Würden sie bitte nach Sarah schauen?"

— 22 —

Frühling … wie schon als Kind liebte Sarah diese Jahreszeit. Auf dem Weg zur Arbeit, begleitet von Vogelgezwitscher, schien die Morgensonne ihr ins Gesicht. Seit Elias verreist war, wurde sie nicht mehr ständig von ihren Eltern kontrolliert, was alles ein wenig leichter machte.

Sie plante eine Woche Ferien und wollte Katrin besuchen, die inzwischen ihr zweites Kind, ein Mädchen, geboren hatte. Sarah schrieb einen Brief an Anna und kündigte ihren Besuch an. „Ich möchte gerne mein Patenkind und auch euch anderen, die ihr mir so sehr ans Herz gewachsen seid, wieder einmal sehen." Schon zwei Tage später antwortete Anna: „Wir freuen uns, bleib doch ein paar Tage. Bei uns arbeitet jetzt eine junge Frau aus dem Dorf. Dein Zimmer ist frei, ich richte es dir her."

Der Gedanke an ihr früheres Zimmer schmerzte und riss alte Wunden auf. Doch sie wollte nicht undankbar sein und sagte zu. Obwohl es Sarah schwerfiel, an den Ort zurückzugehen, wo ihr Schlimmes, aber auch Glück widerfahren war, freute sie sich, alte Freunde zu treffen. Nur der Gedanke, dass sie Elias nicht sehen würde, machte sie sehr traurig. Sarah stieg aus dem Zug. Helene kam ihr entgegen. Sie nahm sie in die Arme. „Katrin hat mir verraten, um welche Zeit du ankommst. Wie ich mich freue, mein liebes Kind. Schmal bist du geworden, geht es dir gut?"

„Ich darf nicht klagen, aber Elias fehlt mir schon sehr." „Hab Geduld, ich bin mir sicher, ihr beide findet einander wieder. Du darfst die Hoffnung nie aufgeben." Sarah hängte bei Helene ein. Alles war ihr so vertraut, als ob sie das Dorf nie verlassen hätte. Vor Katrins Haus verabschiedeten sich die beiden Frauen. „Wir sehen uns, ich komme dich besuchen. Was ich dir noch sagen möchte, besuche Elias Eltern besser nicht. Sie, besonders seine Mutter, geben dir die Schuld, dass Elias weggezogen ist."

Nach dem Besuch bei Katrin und ihrer kleinen Familie ging Sarah auf das Haus ihrer früheren Arbeitgeber zu. Sie versuchte, ruhig zu bleiben, doch ihr Herz schlug rasend und sie bekam fast keine Luft mehr. Immer noch tief waren die Wunden des Geschehenen. Sie setzte sich auf das Bänklein vor dem Haus und versuchte sich zu beruhigen. War es zu früh, an den Ort zurückzukehren, wo ihr so viel Schmerz zugefügt wurde? Sie nahm allen Mut zusammen, stieg die Treppe hoch und klopfte an.

Freudig öffnete ihr Madam die Türe. „Komm rein, ich mache Kaffee. Anna kommt auch gleich. Du hast uns sicher viel zu erzählen." Als Anna sie fragte: „Kommst du im Sommer wieder bei uns arbeiten?", war sie doch recht überrascht. „Ich weiß es selber nicht. Elias ist ja bis Weihnachten im Ausland." „Du kannst doch auch hier auf ihn warten …" Oft ging Sarah der Gedanke durch den Kopf, ob sich der gutaussehende Elias im Ausland wohl neu verlieben würde. Nach dem gemeinsamen Nachtessen wollte Sarah auf ihr Zimmer gehen.

Gabriel, ein ehemaliger Arbeitskollege, mit dem sie sich immer gut verstanden hatte, kam auf sie zu und lud sie zu einem Drink ein. „Ich komme, aber nur kurz. Ich bin müde, es war ein anstrengender Tag." Als sie aufstand und sich verabschieden wollte, schaute Gabriel sie an: „Darf ich dich etwas fragen? Leo hat mir einmal gesagt, dass du ihm den Schlüssel gegeben hättest und er oft bei dir übernachtet hätte. Sag mir, dass es nicht stimmt!" Sarah schaute ihn mit Tränen in den Augen an: „Gabriel, was denkst du von mir?" In ihrem alten Zimmer setzte sie sich aufs Bett und weinte bitterlich. Die Woche verging sehr schnell. Den Besuch bei Elias' Eltern hatte sie immer aufgeschoben. Sie wollte ihnen aber unbedingt sagen, dass sie nicht schuld an Elias' Fortgehen sei.

Am letzten Tag vor ihrer Abreise nahm sie allen Mut zusammen.
Sie klingelte an der Haustüre. Elias' Mutter, mit der sie sich immer gut verstanden hatte, öffnete die Türe. „Was fällt dir ein,
dich hier blicken zu lassen, so eine Frechheit." Drinnen hörte sie
Elias' Vater rufen: „Lass sie doch rein!" Doch die Mutter knallte
ihr die Türe vor der Nase zu! Enttäuscht machte sie sich auf den
Rückweg. Hätte sie doch auf Helene gehört. Sarah packte ihre
Koffer. „Ich komme wieder", versicherte sie beim Abschiednehmen. Es war eine schöne, wenn auch emotionale Woche.

— **23** —

Sonntagmorgen, die ganze Familie saß gemütlich am Frühstückstisch. Sarah nahm ihren ganzen Mut zusammen. „Ich möchte euch etwas sagen. Ich kündige Ende Monat meine Arbeitsstelle." Sie sah in die Runde, kein Wort … „Meine Madam hat mich gebeten, wieder bei ihr zu arbeiten. Bitte respektiert meinen Entschluss." Ihr Bruder sagte als erster: „Ich möchte nicht, dass du fortgehst." Ihr Vater schaute sie traurig an. Sie war auf eine Widerrede gefasst.

„Sarah, du wirst in zwei Wochen achtzehn. Es fällt uns schwer, dich gehen zu lassen. Doch wir können dich nicht mehr halten. Du musst wohl deinen eigenen Weg gehen." Auf alles war sie gefasst … sie fing an zu weinen, diesmal waren es Freudentränen. „Ich bin euch so dankbar, dass ihr mich ziehen lasst. Wann immer möglich, komme ich euch besuchen." „Bringst du dann vielleicht auch einmal deinen komischen Freund mit?", fragte ihre jüngere Schwester. „Der war mein Freund! Komisch war er aber nicht, im Gegenteil, er war sehr lieb und ganz normal. Ich denke, er hat inzwischen eine Frau gefunden, die er lieben darf", sagte sie mit heiserer Stimme.

Sarah konnte nur noch staunen, als ihre Mutter sagte: „Wenn er wirklich der Richtige war, findet ihr wieder zusammen". Sarahs Chef wusste zwar, dass sie nicht bleiben würde, bedauerte aber ihren Wegzug sehr. Es wurde Zeit zum Abschiednehmen. Obwohl sie es dieses Mal selbst so gewählt hatte, fiel es Sarah nicht ganz leicht, ihre Familie zu verlassen. Sarah war ihren Eltern dankbar, dass sie so verständnisvoll reagiert hatten.

Bei ihrer Ankunft staunte Sarah … Mehrere Personen standen am Bahnhof und begrüßten sie, besonders Anna freute sich. Als sie auf das Haus zugingen, sagte sie zu ihr: „Ich habe eine Überraschung für dich." Sarah wollte auf ihr Zimmer zu gehen. „Nein, nicht dahin, wir haben für dich das große Zimmer renoviert und neu eingerichtet. Du wirst ja jetzt für längere Zeit bleiben. Wir wollen, dass du dich bei uns wohl fühlst." Sarah umarmte Anna. „Ich bin dir sehr dankbar für das neue Zimmer." In einer neuen Umgebung konnte sie vielleicht auch mit den traurigen Ereignissen besser umgehen.

Der Sommer ging vorbei und der Herbst mit seiner bunten Pracht hielt Einzug. Immer näher kam der Tag, an dem Elias heimkehren würde. Als Sarah einmal bei Helene auf Besuch war, zeigte sie ihr einen Brief von Elias … „Nie mehr werde ich eine Frau so lieben, wie ich Sarah geliebt, aber es ist vorbei. Zu viel stand unserem Glück im Wege." An diesem Abend konnte Sarah lange nicht schlafen. Sie hatte die Hoffnung nie aufgegeben. Tage später begegnete sie Katrin im Dorf. Sie sah sofort, dass etwas nicht stimmte. „Sag, was hast du, was ist los?", fragte sie ängstlich. „Elias hatte auf seiner Heimfahrt einen Autounfall. Ein Lastwagen ist auf sein Auto aufgefahren. Er liegt ziemlich schwer verletzt im Krankenhaus."

„Nein … das darf nicht wahr sein, nicht Elias." „Doch, Sarah, seine Mutter hat mich angerufen." „Ich muss zu ihm, wo ist er?" „Lass dir Zeit, überstürze jetzt nichts. Ich denke, wenn du dort mit seinen Eltern zusammentriffst, wird das nicht gut enden." Doch Sarah hörte nicht auf den Ratschlag ihrer besten Freundin. Sie packte das Nötigste und lief zum Bahnhof.

Die Reise schien ihr endlos. Im Krankenhaus angekommen, fragte sie nach Elias' Zimmer. Leise öffnete sie die Türe. Elias sah schrecklich aus, er schlief. Sie setzte sich an sein Bett. Sarah getraute sich nicht, seine Hand zu halten. Plötzlich öffnete er seine Augen und schaute sie an. „Gehe bitte …" Sarah rührte sich nicht. „Sarah gehe!" Schockiert stand sie auf und ging Richtung Türe. Als sie sich nochmals umdrehte, sah sie, wie Tränen über seine Wangen liefen. Auf dem Flur begegnete sie seinen Eltern.

Weinend sagte sie zu ihnen: „Er will mich nicht sehen!" „Elias, warum hast du sie weggeschickt?", fragte später seine Mutter.

„Ich will diesen Schmerz nicht noch einmal erleben!" Sarah überlegte verzweifelt, was sie tun sollte. ‚In der Nähe ein Zimmer nehmen und es nochmals versuchen? Nein, ich muss ihm Zeit lassen.' Sie fuhr mit dem nächsten Zug zurück. Am anderen Tag ging sie wie gewohnt ihrer Arbeit nach, doch ihre Gedanken waren bei Elias. Am Abend zündete sie in der Kapelle ein Kerzlein an. „Lieber Gott, auch wenn er von mir nichts mehr wissen will, lass ihn bitte wieder gesund werden."

Daraufhin besuchte sie Katrin. Sarah erzählte ihr, wie der Besuch bei Elias verlaufen war. „Es tut mir so leid für dich! Würdest du am Sonntag auf die Kinder aufpassen? Wir möchten Elias besuchen." „Ja, das mache ich sehr gerne. So kannst wenigstens du mir berichten, wie es ihm geht. Ich getraue mich nicht, bei seinen Eltern nachzufragen." Sonntagmorgen, Sarah stand früh auf und machte sich auf den Weg zu Katrin. Seit dem Besuch bei Elias konnte sie keine Nacht mehr richtig schlafen. Tausend Dinge gingen ihr durch den Kopf. Am Nachmittag kleidete sie Manuel und Mia an und machte mit ihnen einen Spaziergang.

Sie konnte es kaum erwarten, Neues von Elias zu erfahren. „Endlich, sagt schon, wie geht es ihm?" „Er hatte einen komplizierten Beinbruch und einen Schulterbruch. Er musste zweimal operiert werden. Es geht ihm den Umständen entsprechend recht gut. Doch er wird noch lange auf Hilfe angewiesen sein. Umso mehr hoffte ich, dass ihr beide einander wiederfindet. Ich habe Elias gefragt, warum er dich weggeschickt habe. Er schaute mich traurig an und sagte, es ist vorbei. Ich will nicht noch einmal verletzt werden."

Auf dem Heimweg überlegte Sarah, wie sie Elias überzeugen könnte, dass ihm nie wieder Unrecht geschehen wird. Sie entschloss sich, ihm einen Brief zu schreiben. Dieser kam aber ein paar Tage später ungeöffnet zurück. Sarah ging zu Anna und fragte sie um Rat. „Lass ihm Zeit, dränge ihn nicht. Er muss von sich aus zurück zu dir kommen." Ihre Zweifel, ob er vielleicht eine andere Frau gefunden hatte, wurden immer größer. „Er hat mir doch einmal versprochen, auf mich zu warten!"

Eine Woche nach Weihnachten wollte Sarah Helene ein Geschenk vorbeibringen. In der Weihnachtszeit hatte sie es sehr streng. Sie fand keine Zeit oder war zu müde für Besuche. Voller Freude berichtete Helene: „Hast du es schon gehört, Elias kann in zwei Tagen das Krankenhaus verlassen?" „Oh, das freut mich sehr." Doch bei Sarah machte sich auch Angst bemerkbar, Angst, Elias zu treffen und dass er sich von ihr abwenden würde. Sie erinnerte sich an Annas Rat, ‚lass ihm Zeit.' Sarah machte sich ernsthaft Gedanken, wenn es mit Elias definitiv vorbei wäre, weiterzuziehen. „Ich halte es nicht aus, in seiner Nähe, aber nicht bei ihm zu sein."

Ende Januar, Sarah schloss den Laden ab. Sie schlenderte gemütlich durch das verschneite Dorf. Irgendwie hatte sie das Gefühl, dass ihr jemand folgte, was sie seit jener Nacht immer noch in Panik versetzte. Sie lief schneller. Da hörte sie eine Stimme: „Nicht so schnell, sonst kann ich dir nicht folgen." Sie drehte sich um, da stand er … „Mein Gott, Elias, ist es wahr, bist du gekommen?" Er kam auf sie zu und strecke die Arme nach ihr aus. „Komm, meine liebe Sarah, wir beide, wir gehören zusammen." Unter Tränen sagte sie: „Halte mich fest und lass mich nie wieder los." Er drückte sie an sich und küsste sie zärtlich. Sarah flüsterte ihm zu: „Elias, ich liebe dich, ich hatte solche Angst, dich zu verlieren." Hand in Hand ging das junge Paar seinem neuen Leben entgegen.

Die Autorin

Rosemarie Ruppen wurde 1944 in Filet-
Mörel geboren. Sie ist zusammen mit ihren
Geschwistern in dem kleinen Schweizer
Städtchen Brig aufgewachsen. Begriffe wie
Liebe, Ehrlichkeit und Toleranz hat sie von ihrer
Familie mit auf den Weg bekommen. Nach der
Primarschule besuchte sie das Institut St. Ursula,
später absolvierte sie einen kaufmännischen
Fernkurs. Sie war in verschiedenen Branchen
tätig; später Inhaberin einer Kinderboutique.
Zu Ihren Lieblingsaktivitäten gehören neben
der Familie, das Handarbeiten, Malen und das
Lesen. Zur Trauerverarbeitung begann sie nach
einem schweren Schicksalsschlag mit Schreiben
und Malen. Seit ihrer Pensionierung wohnt
Rosemarie Ruppen in den Sommermonaten im
Binntal. Die kältere Jahreszeit verbringt sie aber
immer noch gerne in Brig-Glis. Das vorliegende
Buch entstand während der Corona-Zeit.